說學逗唱 認識修辭

看虎大歪舞文弄墨
學狗小圓咬文嚼字

王家珍◆著
洪福田◆繪

推薦序——一本有趣又深入淺出的修辭書

陳正治 兒童文學作家

修辭學是什麼？學童懂得修辭學嗎？

孔子說：「言之無文，行之不遠。」意思是說話不重文采，則說話效果就不大。這兒的文采，指的就是活用修辭。黃慶萱教授說：「修辭學在國文系基礎學科中，屬於最高層的學科。學了修辭學，有助於優美辭令的欣賞和創造。」由此可知，修辭學可以使語文表達精確而生動，引起聽者或讀者共鳴的學問；在說話、作文及欣賞文學、了解文意上，是很重要的一門學問。

古人說：「牡丹雖美，也要綠葉扶。」說話或寫作，有好的內容，也要重視修辭。英國哲學家培根認為做學問的三種方式：一、蜘蛛結網，二、螞蟻屯糧，三、蜜蜂釀蜜，就是活用譬喻修辭裡的借喻，生動表達內容而令人印象深刻的好文句。

修辭的方式多樣，有的修辭學論者就羅列數十百種。根據亞里斯多德認為修辭的三大原則：用比喻、用對比、要生動來分，我們可以在「比喻」綱目類，列出：譬喻、誇飾、雙關、象徵、轉化、借代、排比等修辭格；在「對比」綱目下，提出映襯、倒反、對偶、層遞、錯綜等；在「生動」綱目裡，有設問、示現、摹寫、婉曲、引用、仿擬、類疊、藏詞、飛白、回文、鑲嵌、跳脫、頂真、轉品、呼告、互文、感嘆等等。要把這些修辭技巧介紹給學童，以增進他們的修辭素養，這是多大的挑戰？

兒童文學作家王家珍想到了一個好辦法，就是利用她熟悉的傳統曲藝表演藝術的相聲方式來處理。

在相聲的人物安排，擔任主角的虎大歪當「逗哏」，不斷的以有趣、簡明、舉例的方式，說出各修辭定義、種類、作用及如何應用；擔任配角的狗小圓當「捧哏」，針對主角說話內容應答，表示同意、反對、讚嘆、辯論、嘲諷、補充或修正。

在對口相聲裡，採用說、學、逗、唱的方式進行。說：介紹修辭內容外，也常舉古今相關的詩詞、俏皮話、笑話、謎語、對聯。學：學人語、學北風吹屋瓦聲、學馬蹄聲、學表情姿態。逗：虎大歪和狗小圓的插科打諢、抓哏逗趣。唱：唱兒歌等等。

在各修辭格的敘述，除了舉出名家作品、通俗的詞語印證外，更可貴的是常自創例句。例如在摹寫修辭格裡的視覺摹寫、聽覺摹寫、嗅覺摹寫，都是作者活用自己創作的例子。仿擬修辭格裡的「親書本，遠3C，此好讀書者之所以成績好也；親3C，遠書本，此好3C者之所以成績差也」的仿體句子，也是自創的。

《說學逗唱，認識修辭》這本書，作者以相聲方式介紹修辭學，內容豐富，語言深入淺出又有趣，極適合學童閱讀，並能增進語文能力。讀了此書不僅能懂得什麼是修辭學，也懂得修辭的技巧，因此我樂於推薦。

按 陳正治曾任臺北市立大學中語系教授、系主任，也是一位兒童文學作家。著有《修辭學》、《詩詞素養課》、《山喜歡交朋友》等三十多本書。

推薦序——哈囉，又見面了！

黃秋芳 小說家

全球最大搜尋引擎創辦人賴瑞．佩吉（Larry Page），命名時想以「googol」（十的一百次方）這個比已知宇宙裡所有原子總和還要大的「大數」，象徵最優質的海量資訊搜尋。沒想到，註冊時誤拼成「Google」。從此，這個「錯誤」變成世界上最知名、也是最常陪伴我們的老朋友。

每天一早打開電腦，我使用「Google」的次數，多到變成一個執迷的願望，很想養一隻小狗叫「Google」，陪我到很久很久以後，永遠不分開。後來，認識「Foogle」這對好朋友。狗裡狗氣的狗小圓，咬住字頭「Food」，隨時宣揚時節當令、慶典美食、生肖好物；虎頭虎腦的虎大歪，認真出演「google」的角色，海量搜尋民俗趣事、節日緣起和文化寓意。他們在歡樂中表現生活情味，在逗趣裡帶出實用學習，有點像逢年過節的鬥鬧熱，也有點像閒逛夜市的吃吃喝喝、看叫賣，洋溢出充滿食物香氣的說學逗唱，就這樣一年又一年，竟然比許願狗「Google」更適合相伴到天長地久。

遠從二〇一九年戲說「二十四節氣」開始，虎大歪和狗小圓的相處，就有包袱、有打哏，非常熱鬧。不僅建立起深厚的聯結，更在二〇二〇年說「節日」時，注入更多關心和溫暖；到了二〇二一年的「十二生肖」，深入真實生活，讓人忘記了他們是「假的」；以至於我在二〇二二年編選《九歌一一〇年童話選：未來會記得》時，特別保留「貴賓套房」，讓這兩個小傢伙回風島當宣傳大使，春節「種寶」，好事「花生」，衍生出更多過年的風景。

經過這些年的打磨，胸有成竹的虎大歪，如木刀，無鋒卻有勁；傻氣急躁的狗小圓，也成熟蛻變成帶點熱血的小劍客。二〇二三年說「修辭」，像小劍客帶著老木刀，在文字中修潤，慢慢打磨一個更好玩、其實也更適合我們生活的世界，好像還聽得到老朋友在打招呼：「哈囉，又見面了！」

二十八堂有趣的「修辭課」，附帶香噴噴的上菜時間。透過對真實世界的各種「示現」、「摹寫」、「映襯」、「譬喻」和「象徵」，讓無感的生活變豐美；在變化紛繁的「回文」、「互文」、「倒反」、「倒裝」、「對偶」、「排比」、「雙關」、「歇後語」，一路賞玩著樂高般的文字樂趣。更進一步，「頂真」接續；把典故「類疊」成記憶的遊戲；「引用」巨人肩膀來眺遠；把閱讀「轉化」成文字的魔術，內化成滋養。最後，再藉由「層遞」的表現手法，把論點闡述得更嚴密透澈，促使文氣流動得更順暢；這一段又一段修辭的學習旅程，都變成奇幻的「跳脫」，充滿童話般快樂幸福的吸引力。

虎大歪和狗小圓變成穿越時空的老朋友，在有點苦又有點酸的現實世界，藏著隱隱的甜。我們輕鬆享受著「Foogle 劇場」的說學逗唱，同時也充滿歡喜的向他們打聲招呼：「哈囉，又見面了！」

名家推薦語

◆一本引領國小生進入語文修辭世界的奇妙指南！語言遊戲樂中學！

——**吳建邦** 臺南市重溪國小校長

◆寫作像把鑰匙，能打開「表達自我」、「與人深度交流」的大門，而修辭正是鍛造鑰匙不可或缺的工具之一。虎大歪，狗小圓就在說學逗唱間，將這工具交到了讀者手中。

——**周姚萍** 兒童文學作家

◆逗趣詼諧，充滿機智的語文妙書。

——**徐國能** 師大國文系教授

◆玩遊戲，學修辭，有趣味，習能力，打造語文免疫力。

——**陳麗雲** 語文教師、作家

◆耶？你聽見『修辭』兩個字覺得：「一定很無聊？」那你一定要快來看看虎大歪跟狗小圓一搭一唱，用搞笑逗趣的方式介紹各種的修辭法，保證讓你耳目一新、嘴角失守！

——**傅宓慧** 桃園市龍星國小圖書館閱讀教師

◆修辭是語言的魔術，這本書就是魔術師的百寶箱！

——**黃震南** 藏書家

◆家珍老師專欄人氣明星——虎大歪、狗小圓在三度出「集」後，讓「說學逗唱」這種傳統的語言幽默藝術，不僅展現了寓莊於諧的特性，這回還在鮮明有趣的對話中，掌握修辭的精髓與奧妙，讓人不禁讚歎大頭珍的文字角色充滿各樣的神奇與魅力！

——**歐玲瀞** 佳音電臺 FM90.9 節目主持人

◆身為作文老師的我，第一堂課面對新同學時，總愛引用歐陽修的「為文有三多」做開場：看多、做多、商量多。學好寫作，除了多看、多寫以外，其實最重要的是第三點——商量多。商量多就是多推敲，寫完要仔細看詞用得對不對，條理有沒有順，有沒有贅詞。因此，當我打開《說學逗唱，認識修辭》一書，直呼：「這本書正是為小讀者量身打造的寫作祕笈！」在這裡也告訴大家一個祕笈，最好的訓練寫作的方式就是講故事。一旦我們能把書中虎大歪和狗小圓的對話，閱讀完自己重新詮釋，讓人聽得津津有味，不忍離去，表示你就成功了！我是【說學逗唱】系列著作的忠實讀者，很高興王家珍、洪福田兩位老師四度攜手合作，以幽默、輕鬆的口吻，分享寫作修辭技巧。相信小讀者翻讀之後，作文必定能「錦上添花」。

——**謝承志** 資深故事人、教育工作者

作者序——有沒有搞錯？

王家珍

如果童年的我，頂著招牌馬桶蓋髮型，搭乘時光機，穿越到二〇二三年秋天，看見書店架上擺放著我的新書，書名是《說學逗唱，認識修辭》，肯定得一手扶牆，一手托下巴，免得跌倒在地或是落下頷。說不定還會睜大眼睛，模仿星爺的口吻大喊：「有沒有搞錯？」

實不相瞞，童年的我每日手不釋卷（課外書），國語成績名列前茅，自詡語文小天才。可惜聰明反被聰明誤，不肯按部就班抄寫生字，作文和日記也常以記流水帳的方式隨便應付。

唯一一次被老師當眾朗讀的文章是「錯誤示範」，因為我把「溜滑梯」誤寫成「滑樓梯」。

老師念完我的「傑作」，轉頭問我：「王家珍，跟大家說說，樓梯要怎麼滑？」

我的腦海閃過刺激的「滑樓梯」經驗。當時我抱著小七歲的弟弟下樓，因為下雨導致樓梯溼滑，我兩腳一溜，懷抱弟弟、屁股著地連「滑」了好幾階樓梯。我的屁股痛到哇哇叫，弟弟毫髮無傷，直呼：「好好玩，再滑一次！」

不服輸的我想跟大家分享這個獨特的「滑樓梯」經驗，讓大家開開眼界，但是理智的我知道，此時此刻，閉嘴會是比較安全的選項。同學的笑聲讓我恨不得挖個地洞，把老師或是我塞進去，眼不見為淨，耳不聽為清。

經過這次慘痛經驗，寫完文章或日記後，我會再多花一點時間檢查，是否有讓人會錯意的用詞。也算是「滑樓梯事件」後的一點小長進。

升上國中，我把國文老師教的「起承轉合」和幾種作文開頭寫法，歸納綜合出「大頭珍寫作祕笈」。照著祕笈，依樣畫葫蘆，作文成績稍有起色。雖不曾再被當作錯誤示範，卻也不是佳文共享的好文章。

我的寫作轉捩點發生在高二。

當時每週要交一次週記，導師要我們別再抄錄報紙上的國內外重要時事，改寫自己當週最值得記錄的「大事」。

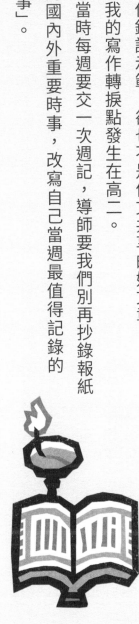

高中生活，小事紛紛，沒啥大事，該寫什麼好呢？我先想好主題事件，翻出「大頭珍寫作祕笈」參考，再運用修辭與想像來加油添醋，把「平凡無奇」的倒垃圾、怕黑又怕鬼的生活小事，寫成「轟動武林」的大事。可能我太擅長自嘲，也常用誇飾法把小事化大，老師總會讀我的週記給同學聽，看大家笑得忍俊不禁，我對自己的作文能力變得有信心，寫起來更加起勁。

從小到大，我應該聽了不少類似的寫作方法，卻直到高中，我才把這些寫作技巧與修辭方法聽進耳裡、記在心上、輸入腦海、化為文字、觸動人心。

當時有位同學，睜大眼，看進我的眼睛，說：「如果你缺零用錢，可以投稿賺稿費，這輩子都不用擔心餓肚子了。」

多虧這位同學提醒，大學時期我搭飛機負笈臺北，一學期才回家一次。因為零用錢少、餓肚子的時間多，便開始努力寫稿，除了參加比賽，也投稿到報章雜誌，還拉妹妹畫插圖。一拿到獎金或稿費，兩個人一起吃燒餅夾牛肉打牙祭。畢業之後，也因緣際會，我與妹妹攜手踏入童書出版界。

後來我身兼老師與童話作家雙重身分，對於國學常識和修辭學問，意外產生濃厚興趣，一頭栽進去，無法自拔。

彷彿是「補贖」小時候沒寫的作業，我沉浸在成語、諺語、歇後語的範疇，努力研究句子類型，還迷上修辭文字技巧，誇口「修辭是我的心頭好」。孜孜不倦，勤於寫作，渾然忘記從小就不喜歡寫字這回事。

新冠疫情期間，宅在家裡的我，不甘寂寞，把虎大歪和狗小圓找來講修辭、談美食，說學逗唱，玩得不亦樂乎。想到出書之後，可能會「陷害」一票莘莘學子，彷彿看到小時候的我，對著這本書吃驚、發呆的糗樣，不禁竊笑起來。

走筆至此，靈感爆發，腦袋裡浮現一首唐朝詩人賀知章〈回鄉偶書〉的仿擬詩：

> 少小作文能力差，老大出書談修辭。
> 兒童相見不相識，驚問有沒有搞錯？

繪者序——這是祕笈來的吧?!

洪福田

作文?別別別,別叫我寫什麼作文,我不太行啊!

我從小就喜歡看書,但因為考不好被「竹筍炒肉絲」,便討厭起讀書,每每上作文課更是令人難受,好比「阿婆生囝」——很拼哩!如果作文可以用畫的,我一定「咻咻咻」一下子就完成作業。說起來,我的作文還真是糟到令人難為情啊!(掩面……)

小時候,家門前有間「彌陀寺」,是臺南四大古剎之一,裡頭住著三位師父,我們稱呼為大師父、二師父、胖師父!有日,來了一位比丘尼,據說剛從大學畢業,很年輕,像是鄰家大姐姐——只是光頭。她總是全部忙完,最後才一個人吃齋飯。我們這些調皮的小孩,老是爬上廚房窗戶,明目張膽的偷看,瞧瞧今日菜色如何？我們的哈哈大笑讓她覺得不好意思，果真是新來的菜鳥「小師父」！小師父與小朋友較為親近，總是看著我們這幫小屁孩成天在巷弄、寺內玩耍。

沒多久，小師父居然開起作文班，號召鄰近的小朋友全部來上課。由於免費參加，家長紛紛表示贊同，毛筆、作文簿還是我們家製本所的小氣媽媽（對啦，就是洪媽媽）慷慨贊助的。

天啊，我不要寫作業啊！（吶喊～）

於是，寺廟的東廂房充當作文班教室，我們這幫小屁孩幫忙搬桌椅，各自坐定位，輪流自我介紹後，小師父便開始授課講解，但是——完全聽不懂，硬著頭皮一篇作文寫完才能回家，次回上課再一起檢討。

有一回，小師父在課堂上念了我的作文內容：「我們玩遊戲，玩完了，吃西瓜，吃飽了……（完）。」小朋友們聽完哄堂大笑，紛紛搶我的作文簿「欣賞」，姐姐回家也告訴媽媽倒底有多好笑，害我自己也不好意思的想笑，肯定是佛祖處罰我嘲笑小師父吃齋的菜色……。

長大後，不用因為考試被打屁股，可以自由自在的看好多好多書，買書、藏書、閱讀書，才體會到閱讀真是一件快樂的事，不但增長「知識」，最重要幫助了「思考」。

當我在家珍老師臉書，讀到狗小圓與虎大歪談修辭「譬喻」一文時驚覺：「哇！這不就是寫作祕笈嗎？好有趣！」原本以為畫完【說學逗唱】系列三部曲就告一段落了，但腦海中不斷迸出祕笈成書的樣子，並且堅信這本書可以幫助我和其他小讀者增進一甲子的寫作能力！於是，我斗膽跟家珍老師提議：「可以再畫第四部嗎？」這一次，內頁排版連同插圖，我都先行設計好，誘使家珍老師繼續寫下去。

終於，我跟小讀者等到這本寫作祕笈了。（笑開懷～）

目錄

第一章

譬喻。借彼喻此，打個比方

虎大歪、狗小圓，說學逗唱，上臺一鞠躬！

虎大歪：「爆竹聲中一歲除，春風送暖入屠蘇。」新的一年，祝福大家幸福平安又快樂。

狗小圓：「千門萬戶曈曈日，總把新桃換舊符。」新的一年，祝福大家健康開心，功課好。

虎大歪：之前咱倆給大家講過二十四節氣、十六個節日。

狗小圓：還講了十二生肖，大家都喜歡，都愛聽。

虎大歪：俗話說得好，「打鐵要趁熱」，現在來給大家說說修辭。文章要寫得好，修辭不可少；文章要寫得妙，修辭就得好。

狗小圓：邊說修辭，邊說美食，文章寫得再好，還是比不上吃美食的喜悅。

虎大歪：今天我們來講「譬喻」法。這是一種「借彼喻此」的修辭法。

狗小圓：借筆遇尺？你跟我借筆，卻遇到尺擋路？這是哪門子修辭呀？

虎大歪：開年第一天，你竟然用「諧音」哏跟我裝傻？「借彼喻此」的意思是指寫文章的時候，只要兩件或兩件以上的事物當中有類似的地方，就用「那個」類似的事物，來比方說明「這個」事物。這樣的修辭方法叫做「譬喻」。

狗小圓：你不是常說做學問要「化繁為簡」嗎？簡單一件事，拉東扯西，用「那個」說明「這個」，用「這個」解釋「那個」，麻煩。

虎大歪：一點也不麻煩，譬喻就是化繁為簡。通常會用容易了解的事物，說明難以理解的事物；用具體的事物，說明抽象的觀念。三言兩語，講清楚說明白，文章也容易理解。

狗小圓：聽你這麼一講，我的腦細胞就像一坨漿糊，黏糊糊，亂七八糟。

虎大歪：說得好！「腦細胞就像一坨漿糊」就是正統譬喻修辭。

狗小圓：真的？我隨口一講就是譬喻修辭，出口成章，我是修辭天才！

虎大歪：是是是，你是修辭天才，咱倆好好講修辭，好的開始是成功的一半。

狗小圓：聽你說我是修辭天才，一切都好商量。

虎大歪：譬喻修辭是最常見，也是最好用的修辭法，一篇文章有幾個譬喻修辭，內容馬上精采許多。

狗小圓：譬喻修辭學得好，作文功力就像搭直升機，一飛衝天。

虎大歪：譬喻修辭是由「本體」、「喻詞」、「喻體」三個元素配合而成，簡單好用。

狗小圓：「本體」、「喻詞」和「喻體」？聽起來很複雜，大歪舉個有趣的例子，說明一下。

虎大歪：那有什麼問題。在「大歪的智慧好像喜瑪拉雅山頂峰一樣高」這句話中，大歪是「本體」，「好像」是「喻詞」，「喜瑪拉雅山頂峰」就是「喻體」。

狗小圓：「小圓的智慧好像天一樣高」這句話當中，「小圓的智慧」是「本體」，「好像」是「喻詞」，「天」就是「喻體」。譬喻修辭很簡單，三言兩語講完了，可以下課吃美食去。

虎大歪：慢著，慢著！譬喻修辭還細分成四種方法，學問大著呢。

狗小圓：譬喻修辭分成四種方法，就像好吃的瓜子有三種：西瓜子、葵瓜子、南瓜子。

虎大歪：言歸正傳。第一種譬喻法是「明喻」，本體、喻詞、喻體三者都具備。一般會用「好像」、「好似」、「宛如」、「好比」等喻詞。

狗小圓：我來造句。「小圓好比偉大的食神，從不錯過米其林美食」，這就是「明喻」。

虎大歪：「小圓的臉皮宛如犀牛皮」，這也是明喻。第二種譬喻修辭是「隱喻」，也就是直接把本體說是喻體的比喻方法。

狗小圓：直接把本體說是喻體？好像變魔術，要怎麼做呢？

虎大歪：把「好像」、「好似」、「宛如」、「好比」這些喻詞，用「是」、「為」等繫詞[註]替代。徐志摩有名的詩句，「我是天空裡的一片雲，偶爾投影在你波心」，直接說我是一片雲，用「雲」來比喻「人」，這是很棒的例句。

狗小圓：「小圓是夜鶯，唱歌超級好聽」，這就是隱喻。

虎大歪：張潮《幽夢影》的「文章是案頭之山水，山水是地上之文章」，用「山水」來比喻「文章」，也是隱喻。

狗小圓：「我是偉人」和「我是大帥哥」，這也是隱喻嗎？

文章是案頭之山水，山水是地上之文章。

虎大歪：不不不，我、偉人、大帥哥，都是人，這不是隱喻。說狗小圓是豬，用豬的偷懶和貪吃習性來譬喻狗小圓，這才是譬喻修辭的隱喻。

狗小圓：我了解了，虎大歪是蟑螂，就是用蟑螂見不得光的特性來譬喻虎大歪，這也是隱喻。

虎大歪：好了好了，別亂講話。第三種譬喻修辭是「略喻」，凡是省略喻詞，只有本體、喻體的譬喻，叫做略喻。

狗小圓：直接把喻詞丟掉，這個方法好，更加省略，符合化繁為簡的宗旨。

虎大歪：周敦頤的〈愛蓮說〉你讀過吧？他說：「菊，花之隱逸者也；牡丹，花之富貴者也；蓮，花之君子者也。」用「君子」來譬喻「蓮花」，卻把喻詞省略，就是標準的略喻。

狗小圓：這個我最了解，爸爸時不時就說「女人心，海底針」。爸爸猜不到媽媽的心思，因為女人的心思好像大海裡的一根繡花針，太難找，太難猜。

虎大歪：把「女人心好像海底針」的「好像」去掉，就叫略喻。「人善被人欺，馬善被人騎」這個句子略去中間的「就像」，也是略喻修辭。

狗小圓：好吃的瓜子有三種，譬喻修辭比瓜子種類多了一種。第四種譬喻法是哪一種呢？

虎大歪：第四種譬喻法是「借喻」，本體、喻詞都省略不用，只剩下喻體，叫做借喻。借喻沒有明確指出被比喻的對象，必須靠上下文的判斷，才能夠理解。

狗小圓：「被比喻的對象」不見了？聽起來好像變魔術。

虎大歪：處理問題要從根本著手，澈底解決，否則經過一段時間，又會成為新的問題，「斬草不除根，春風吹又生」啊！用「斬草不除根」比喻沒有澈底解決問題，用「春風吹又生」比喻不斷滋生新的問題，這個修辭法就是借喻。

狗小圓：我懂了。大歪，你趕快把所有好吃的點心都拿出來。「不到黃河心不死，不見棺材不掉淚」，沒吃光你的點心我不會善罷干休。

虎大歪：「狗改不了吃屎！」不管怎樣的話題，你都可以扯上吃。

狗小圓：就你厲害。來，說個有學問的例句給我聽聽。

虎大歪：君子處亂世或逆境，仍能守正不阿，不改變他的節操，正是「松柏後凋於歲寒，雞鳴不已於風雨」。

狗小圓：俗話說「種瓜得瓜，種豆得豆」，成功要付出代價，貪吃會長出肥肉。

虎大歪：這個借喻的例句說得真好，小圓總算知道自己的缺點，孺子可教也。

狗小圓：一點都不出色的虎大歪，教出這樣優秀的狗小圓，真可說是「歹竹出好筍」。哎呀！大歪面子掛不住，要打人了，快溜之大吉。

虎大歪、狗小圓，下臺一鞠躬！

註 繫詞，詞類名稱。判斷句中聯繫主、賓語的動詞「是」稱為繫詞。例如：「你是老師」、「我不是總統」這兩個句子中的「是」和「不是」就是繫詞。

第二章

感嘆。呼聲嘆詞，抒發情感

虎大歪、狗小圓，說學逗唱，上臺一鞠躬！

虎大歪：小圓早安，一大早看筆記，總算要認真念書啦？

狗小圓：哎呀！你怎麼打我呀？哎呀！虎大歪咬人啦！哎呀！救命啊！白虎精打人啦！嘖嘖嘖，大歪的脾氣真的不太好耶！

虎大歪：小圓一大早就碎碎念，沒按時吃藥？還是妄想症發作？

狗小圓：我不用吃藥，也沒有妄想症。我在看我的日記，清楚記錄著我倆聊節氣的時候，你打了我三次。

虎大歪：咱倆二十四節氣講了一年，你講了無數次欠打的難聽話，我竟然才「作勢」打你三次？快說我是天下第一善良人。倒是你，惡人先告狀！

「呀」、「啦」、「啊」，這些個感嘆詞、驚嘆號好像不用錢似的用不停。你小小年紀，有什麼好「感嘆」的！

狗小圓：你作勢要打我、要咬我，模樣恐怖，我哀號幾聲，哪是什麼文謅謅的「感嘆」呀？

虎大歪：當一個人碰到讓他喜、怒、哀、樂等等事物時，常常會藉助感嘆的方式，抒發內心的情感。例如：「狗小圓看到天資聰明的虎大歪，說虎大歪真是天字第一號聰明人物啊！」這就是感嘆修辭。

狗小圓：我通常只會對著美食發出感嘆：不油不膩，軟嫩的獅子頭啊！肥而不膩，Q彈軟嫩的紅燒豬腳喲！香甜可口的草莓鮮奶油蛋糕呀！

虎大歪：你這樣狂嗑美食，小心變成狗肥圓。

狗小圓：不可能！我每餐搭配一大盤生菜沙拉，不可能變成肥圓。

虎大歪：每餐搭配一大盤生菜沙拉？你真是厲害。感嘆是用來抒發強烈感情的一種修辭法，通常後面會接驚嘆號。從剛才說到現在，

你用了幾個驚嘆號？那都是感嘆修辭。

狗小圓：「呀、啊、喲」的怪叫幾聲，也是修辭法的一種？

虎大歪：感嘆修辭學問很大。為了強調內心的驚訝或者讚嘆、傷感，抑或痛惜、歡笑或是譏嘲、憤怒或者鄙斥、希冀或需要，就用「嘆詞」和「語氣助詞」來表達。

狗小圓：哦？「嘆詞」是什麼？「語氣助詞」又是什麼？一堆艱深的詞彙朝我砸下來，讓我頭昏腦脹，混混沌沌，好想睡覺。

虎大歪：我看是你吃太多又甜又膩的麵包，才讓你腦袋混沌想睡覺。

狗小圓：我喜歡吃飯，不愛吃麵，也不喜歡吃麵包，別誣賴我。

虎大歪：言歸正傳。文言文中的嘆詞，常見的有「嗟(ㄐㄧㄝ)夫」、「嗟哉」、「噫(ㄧˋ)」、「嗚呼」……。

狗小圓：「嗚呼」？這個我熟！

虎大歪：「嗚呼」你很熟？你跟我開什麼玩笑？

狗小圓：我不跟你開玩笑。唐朝大文豪韓愈那篇〈祭十二郎文〉的最後幾句：「嗚呼！言有窮而情不可終，汝其知也邪？其不知也邪？嗚呼哀哉！尚饗！」「嗚呼哀哉！」就是感嘆詞。

嗚呼！言有窮而情
不可終，汝其知也
邪？其不知也邪？
嗚呼哀哉！尚饗！

虎大歪：看不出來你也讀韓愈的文章，真讓我刮目相看。「嗚呼」、「嗚呼哀哉」獨立使用，就是嘆詞；跟在其它文字後面的兩個「邪」，就是語氣助詞。

狗小圓：了解。白話文常用的嘆詞有哪些呢？

虎大歪：白話文常用的嘆詞有「喲、哎喲、唉、唉唷、哦、啊、噢、呀、咳、咦、呵、喔、喂……」。

狗小圓：我發現一個巧合。有口字邊的字，大致上都是嘆詞。

虎大歪：歐陽修的〈岳陽樓記〉有很棒的例句。「嗟夫！予嘗求古仁人之心，或異二者之爲，何哉？不以物喜，不以己悲；居廟堂之高則憂其民；處江湖之遠則憂其君。是進亦憂，退亦憂。然則何時而樂耶？其必曰先天下之憂而憂，後天下之樂而樂乎？噫！微斯人，吾誰與歸？」註①

狗小圓：「嗟夫」和「噫」單獨使用，是嘆詞。在句子結尾的「耶」和「乎」就是語氣助詞，對吧？

虎大歪：沒錯沒錯，在我的教導之下，小圓把感嘆修辭學得好棒棒。

狗小圓：你老是往自己臉上貼金，臉皮已經很厚，再也貼不上啦！話說，又是「嗟夫」、又是「噫」、又是「耶」，古人真愛感嘆。不過，我爸爸也常常對我感嘆一句文言文。

虎大歪：你爸爸對你講文言文？你還聽得懂？這可是天大的新聞，說來聽聽。

狗小圓：爸爸每次看到我吃飽飽，躺在沙發上看電視，就會看著我說：「飽食終日，無所用心，難矣哉。」

虎大歪：吃飽飯，勤勞收拾餐桌，幫忙洗碗倒垃圾，才不會變成豬，也避免變成大胖子。

狗小圓：我會把碗盤收到水槽，也會下樓倒垃圾和堆肥。只不過拖一下時間罷了，爸爸就說話酸[註②]我。

虎大歪：你爸爸說的是《論語‧陽貨》篇的經典文句，意思是「整天吃得飽飽的，一點心思也不用，真的很難養成良好的德性啊！」如果你做人做

事都習慣拖時間，拿這句話來形容你真是恰當。

狗小圓：黑豬笑烏鴉黑，哼！大歪自稱「生菜睡虎子」，貪吃菜餚的人是「菜虎子」，什麼事都做不好的稱「生虎子」，老是貪睡賴床的叫「睡虎子」。你是集三種虎子於一身的「生菜睡虎子」，你也好不到哪裡去。

虎大歪：我喜歡吃生菜，也很享受睡眠時光，當個「生菜睡虎子」也不壞。「哼！」也是感嘆，小圓的感嘆句學得真快。

狗小圓：感嘆只有一種，鬼吼鬼叫幾聲就學會，當然簡單。

虎大歪：不對。感嘆除了使用嘆詞之外，還可以用語氣助詞來表示感嘆。比方「簡單哪」的「哪」，就是語氣助詞。

狗小圓：哦？這個我拿手，我給你講幾個，你聽聽看——「看哪！大歪的牙縫有塊青菜渣呀！」

虎大歪：哎呀！我牙縫卡菜渣，你居然到現在才告訴我，真是沒良心。

狗小圓：誰說虎大歪很聰明，他可是個大笨豬哩！

虎大歪：我的老天鵝啊！小圓的智商只有二〇，居然也知道豬是什麼動物哪！

狗小圓：對囉，對囉！大歪智商只有十九，遠遠落在我的後面。哎呀！虎大歪咬人啦！快溜！

虎大歪：喂！我還沒講完，剛剛講的「看哪」、「壞心腸啊」、「對囉」，還有「咬人啦」，都有語氣助詞用法啊！有沒有聽到啊？

虎大歪、狗小圓，下臺一鞠躬！

註① 【譯文】唉！我曾經探討古代仁者的心思，和遷客、騷人兩者的表現有所不同，究竟是怎樣呢？不因身外之物而高興，不因個人遭遇而悲傷。身居朝廷高位，就憂慮人民的生活，身處民間邊地，就憂慮他的國君。正是進也憂慮，退也憂慮。這樣的話，那要到什麼時候才快樂呢？他一定說：「在天下人還沒憂慮之前就先憂慮，在天下人都快樂之後才快樂」吧！啊，如果沒有這種人，我要去跟從誰呢！

註② 說話「酸」人，指「冷言酸語」，用冷冰冰的話來調侃或嘲諷他人。

第三章 類疊。接二連三，重疊反覆

虎大歪、狗小圓，說學逗唱，上臺一鞠躬！

虎大歪：小圓今天起得真早，太陽才晒到大腿就起床啦！

狗小圓：大歪，快幫我檢查一下腳踏車。

虎大歪：腳踏車怎麼啦？

狗小圓：腳踏車龍頭歪歪的。我早上快快樂樂騎車出門，待會想要平平安安回家。

虎大歪：「歪歪的」、「快快樂樂」、「平平安安」，像這樣同一個詞、語或句子，接二連三，反覆使用的修辭法，叫做「類疊」修辭。

狗小圓：我的老天鵝呀！修個腳踏車龍頭，大歪也可以扯到修辭？

虎大歪：你這句話也用到「感嘆」修辭喔！

狗小圓：感嘆修辭最簡單了。「啊啊啊、喔喔喔」，大叫幾聲就好，不會忘的。接二連三，反覆使用同一字詞或語句，就是「類疊」修辭？這麼簡單？

虎大歪：啊啊啊、喔喔喔，你沒事鬼叫什麼呀？

狗小圓：我才不是鬼叫，接二連三，反覆使用同一個詞，不是類疊修辭嗎？吼吼吼！汪汪汪！

虎大歪：那是小狗亂吠！不是類疊修辭。類疊修辭有四種。第一種是「疊字」，同一字詞的連接使用。余光中在〈車過枋寮〉寫著：「雨落在屏東的甘蔗田裡，甜甜的甘蔗甜甜的雨，肥肥的甘蔗肥肥的田，雨落在屏東肥肥的田裡。」

狗小圓：「大歪個性拖拖拉拉，做事隨隨便便，長得醜兮兮，講話凶巴巴。」這就是疊字修辭囉？

虎大歪：你隨隨便便就誣蔑我，我生氣了。

狗小圓：大歪大歪別生氣。類疊修辭第一種是疊字，第二種是什麼？

虎大歪：第二種是「類字」。唐朝大文學家韓愈在〈師說〉寫道：「是故無貴、無賤、無長、無少，道之所存，師之所存也。」[註①] 好幾個「無」間隔的出現，就是所謂的類字。

狗小圓：《詩經‧小雅‧蓼莪》寫著：「父兮生我，母兮鞠我。拊我畜我，長我育我。顧我復我，出入腹我。」[註②] 好幾個「我」間隔的出現，這也是類字吧！

虎大歪：哎喲！小圓竟然也會看《詩經》這麼高深的書籍？太陽打北邊出來了嗎？天上下櫻桃雨了嗎？鐵樹開菊花了嗎？

狗小圓：跟你講實話，我用手機查資料，馬上跳出這段。我看都看不懂。只看得出來好幾個「我」字間隔出現，原來這叫做類字。

虎大歪：〈木蘭詩〉的名句，「東市買駿馬，西市買鞍韉，南市買轡頭，北市買長鞭」。[註③] 好幾個「市」字，間隔的出現，這也是類字。

狗小圓：我最喜歡東市買核桃糕，西市買香脆肉紙，南市買帆立貝，北市買蔬果脆片，還要到南門市場買蜜汁火腿。我說的這段話有好多美食，才算是高明的「類句」。

虎大歪：不管買什麼，都給我留一份，才是高明。類疊修辭的第三種是「疊句」，也就是同樣的語句連續出現。

狗小圓：我看疊字和疊句，根本就是化簡為繁，囉囉嗦嗦，搶文字版面罷了。

虎大歪：疊字和疊句用得好，文章更優美，一點也不囉嗦。我念書的時候喜歡寫詩，老師說我跟宋朝文學家辛棄疾一樣。「少年不識愁滋味，愛上層樓，愛上層樓，為賦新詞強說愁。」連用兩次「愛上層樓」，表示年輕詩人「大歪」的執著與詩意盎然，叫做疊句。

狗小圓：這闋詞的下半段是「而今識盡愁滋味，欲說還休。欲說還休。卻道天涼好個秋。」白髮詩人大歪，年紀一大把，想說些什麼卻找不到話好說，只好隨便湊一句「天涼好個秋」，該不會是肚子空空，想到我家「打秋風」[註④]吧？

虎大歪：沒錯，我想到你家打秋風，把你的零食吃光光。

狗小圓：萬萬不可，你把我零食吃光光，我就「森七七」[註⑤]了。

少年不識愁滋味，
愛上層樓，愛
上層樓，為
賦新詞強
說愁。

虎大歪：歌詞有很多疊句的例子，本人享譽國際的拿手指定歌曲——〈兩隻老虎〉，就是最佳範例。「兩隻老虎，兩隻老虎，跑得快，跑得快，一隻沒有耳朵，一隻沒有尾巴，真奇怪，真奇怪！」

狗小圓：我會更簡單的。「倫敦鐵橋垮下來，垮下來，垮下來。倫敦鐵橋垮下來，就要垮下來！」

虎大歪：唱得好。《論語・為政》篇，子曰：「視其所以，觀其所由，察其所安。人焉廋哉？人焉廋（ㄙㄡ）哉？」註⑥看小圓每天狂吃猛吃，就知道小圓會胖，就知道小圓會胖啊！

狗小圓：《論語・雍也》篇，「伯牛有疾，子問之。自牖（ㄧㄡˇ）執其手曰：『斯人也，而有斯疾也！斯人也，而有斯疾也！』」註⑦大歪好面子，放不下身段，導致腰痠背痛，當然會腰痠背痛！

虎大歪：廢話少說。類疊修辭第四種是「類句」，也就是同一語句的間隔使用。

狗小圓：「當我們同在一起，在一起，在一起，當我們同在一起，其快樂無比。你對著我笑嘻嘻，我對著你笑哈哈，當我們同在一起，其快樂無比。」這首兒歌有疊字，有類字；有疊句，也有類句，是不是最棒的例子？

虎大歪：沒錯，小圓好棒棒。不過，我突然想起，有一種好玩的文體，是學習類疊時候不可或缺的。

狗小圓：可以說是類疊拼圖中，最重要的一塊？

虎大歪：沒錯，那就是「繞口令」。

「黑豆放在黑斗裡，黑斗裡邊放黑豆，黑豆放黑斗，黑斗放黑豆。」念了老半天，頭昏腦脹，不知黑豆放黑斗，還是黑斗放黑豆？

狗小圓：「南南有個籃籃，籃籃裝著盤盤，盤盤放著碗碗，碗碗盛著飯飯。南南翻了籃籃，籃籃扣了盤盤，盤盤打了碗碗，碗碗撒了飯飯。」啊！肚子餓了，還是趕快吃飯要緊。

虎大歪：走囉！到小圓家打秋風，吃紅燒獅子頭去。

狗小圓：哎呀！別溜，別溜，先把我的腳踏車龍頭修好再說，我還得跟老師去溼地賞鳥哪！

虎大歪、狗小圓，下臺一鞠躬！

註① 【譯文】因此，不論尊貴、貧賤、年長、年幼，道理為誰所掌握，誰就是老師。

註② 【譯文】爹爹呀你生下我，媽媽呀你餵養我。你們護我疼愛我，養我長大培育我，想我不願離開我，出入家門懷抱我。想報爹媽大恩德，老天降禍難預測！

註③ 【譯文】到東邊的集市上買來駿馬，西邊的集市買來馬鞍和鞍下的墊子，南邊的集市買來嚼子和繮繩，北邊的集市買來長鞭（馬鞭）。

註④ 打秋風，俗語，解釋利用各種關係假借名義向有錢的人索取財物。

註⑤ 森七七，就是指「生氣」、「發脾氣」的意思，源自疊字「生氣氣」。

註⑥ 【譯文】孔子說：「分析其動機，觀察其行動，瞭解其態度：人藏哪去？人藏哪去？」

註⑦ 【譯文】伯牛生病，孔子去探問，從窗口握著他的手，說：「快要死了，命該如此嗎？這樣的人竟然會得這樣的病！這樣的人竟然會得這樣的病！」

第四章

頂真。頭尾蟬聯，上遞下接

虎大歪、狗小圓，說學逗唱，上臺一鞠躬！

虎大歪：今天閒來無事，看了一篇文章，是林語堂先生寫的〈來臺後二十四快事〉，你要聽聽有趣的片段嗎？

狗小圓：雖然我不認識林語堂，但是我想聽聽「快」事，你說我聽。

虎大歪：聽好了！「宅中有園，園中有屋，屋中有院，院中有樹，樹上見天，天中有月，不亦快哉。」怎麼樣？文字簡潔，真是好文章。

狗小圓：沒提到食物哪是好文章呢！我來給你念念我寫的有趣好文章。「家中有冰箱，冰箱中有保鮮盒，保鮮盒裡有蛋糕，蛋糕上有奶油，奶油上有巧克力花，巧克力花一口吃下，不亦快哉。」

宅中有園，
園中有屋，
屋中有院，
院中有樹，
樹上見天，
天中有月，不亦快哉。

虎大歪：哇！小圓果真是吃貨，三句不離吃，「頂真」修辭用得非常妙。

狗小圓：「頂針」修辭？你是說縫衣服的「頂針」也可以拿來大做文章？這個可有趣啦。

虎大歪：我說的是「頂真」修辭。寫文章的時候，用前一句的結尾，作為下一句的起頭，讓接續的句子頭尾蟬聯，這樣的修辭法，稱為「頂真」，又稱為「聯珠」。

狗小圓：我抗議過很多次了。所謂化繁為簡，寫文章貴在精簡。為什麼要用前一句的結尾，作為下一句的起頭呢？同樣一句話講兩次，製造很多冗詞贅句，不優不優。

虎大歪：頂真修辭手法，不但不是冗詞贅句，還可以讓文章有緊湊銜接的美感，並且顯現出「上遞下接」的趣味。

狗小圓：上遞下接？趣味？講幾個有滋味的例子我聽聽。

虎大歪：有滋味？你就知道吃，早晚吃成狗肥圓。「一寸光陰一寸金，寸金難買寸光陰。」這是至理名言，要好好記得。

狗小圓：至理名言是「遠親不如近鄰，近鄰不如對門，對門不如家人，家人不如自己」。自己最重要，好好愛自己。

虎大歪：「女大不中留，留來留去留成仇。」小圓太貪吃，吃東吃西吃成癡。

狗小圓：「人生何處不相逢，相逢有如在夢中。」大歪夢裡常常見，見到大歪都在惡夢中。

虎大歪：「上司管下司，下司管畚箕。」你管我在哪個夢裡！真是囉嗦。

狗小圓：「大魚吃小魚，小魚吃蝦米，蝦米吃爛泥巴。」你做你的惡夢，好吃的魚蝦蟹貝都歸我管。清蒸螃蟹好好吃，汆(ㄘㄨㄢ)燙鮮蝦好滋味，享受美食好開心，不亦快哉。

虎大歪：好好好，又繞回吃的，算你厲害。我最喜歡的小說《西遊記》的第一頁就寫著：「海外有一國土，名曰傲來國。國近大海，海中有一座名山，喚為花果山。」這也是頂真修辭。

狗小圓：頂真修辭連孫悟空也會用，這太厲害了。

虎大歪：走在路上，看見有人爭吵，上前勸說「大事化小事，小事化無事」，天下太平。

狗小圓：我這個人生性愛挑剔，最愛「無事弄出小事，小事弄出大事」。你說，我的例子是不是比你的例子有趣？

虎大歪：我有個好笑的例子，讓我唱給你聽。「我的家有個馬桶，馬桶裡有個窟窿，窟窿的上面，總有個笑容～～」

狗小圓：哎呀！這個例子有點怪味道，快把馬桶拿走。

虎大歪：怪味道？這可是你的偶像——劉德華唱的〈馬桶〉歌呀！

狗小圓：我欣賞劉德華，因為他跟我一樣帥，但我不欣賞馬桶，也不想聽馬桶歌。「世界真是小小小，小的非常妙妙妙～～」我們小朋友唱的歌好聽多了。

虎大歪：好好好，把馬桶拿走。我們剛剛講的幾個例子，都是句子和句子之間的頂真，叫做「連珠體」。

狗小圓：連珠體？聽起來學問很大，念起來也算有趣。

虎大歪：還有一種是段落與段落之間的頂真，又叫「連環體」。

狗小圓：先來個「連珠炮」，再來個「連環炮」，好像元宵節放鞭炮，劈哩啪啦放不停。

虎大歪：放鞭炮的規定很多，要小心謹慎，免得觸犯法條。頂真修辭的連環體有點難度，例子不好舉。

狗小圓：不好舉？又不是舉重比賽，難不成大歪手無縛雞之力？

虎大歪：「手無縛雞之力」說的是你。我力大無窮，感恩節一手捉一隻大火雞都綽綽有餘。我剛剛說「不好舉」，你接我的話說「不好舉」。同樣的詞分布在不同的段落，就是連環體。

狗小圓：剛剛你說「至理名言」，我接著說「至理名言」；你說「趣味」，我接著說「趣味」，這也是連環體嗎？

虎大歪：哎呀！你這隻學舌鳥，怎麼把我倆剛剛的話都記得這麼清楚？

狗小圓：你才是學舌鳥啦！我是記憶力驚人，佩服我吧。跟你說個小祕密，我知道你不會唱的頂真童謠。

虎大歪：你別臭屁了。是我教你頂真修辭，還是你教我？哪有我不知道而你知道這種事。

狗小圓：好吧！你把童謠〈火金姑〉念給我聽。

虎大歪：火金姑不是螢火蟲嗎？也有童謠可以念？這可稀奇了。好吧，誠實為上策，我不知道有這首童謠，請你教我念。

狗小圓：聽好了，小圓老師要開念啦。「火金姑，來食茶，茶燒燒，配香蕉；蕉冷冷，配龍眼，龍眼會開花。瓠仔換冬瓜，冬瓜好煮湯；瓠仔換粗糠，粗糠要起火。九嬸婆仔會炊粿，炊到臭焦兼著火。」

虎大歪：原來是這首童謠。我會念，只不過剛剛一時頭腦打結，忘了它。沒錯，這是頂真修辭的絕佳範例。

狗小圓：我看過一本書，篇名使用「連珠炮」修辭，很有趣喔。

虎大歪：你是說這本書的篇名，運用「連珠體」修辭？這個厲害。

狗小圓：我念給你聽。「貓頭鷹和大頭樹。大頭樹和小詩人。小詩人和童話作家。

童話作家和小白鴿。小白鴿和小樹。小樹和老烏龜。烏龜和大老虎。老虎和仙人掌。仙人掌和黑山羊。黑山羊和紅腹知更鳥。紅腹知更鳥和婆婆。婆婆和小女孩。小女孩和大風箏。風箏和螃蟹。螃蟹和小魚。小魚和辣椒。辣椒林的貓頭鷹。」念完了。

虎大歪：哇！小圓真是背稿機器，這麼一長串篇名，順順的背完，都沒吃螺絲或是忘詞，好犀利。

狗小圓：雖然大歪很少誇獎我，我想好好的享受一番。不過，誠實為上策，我偷看到你的小抄，知道你今天要講頂真修辭，我在那裡貼了大字報。

虎大歪：心機好重的狗小圓，下次別忘了幫我做幾張，有大字報就不用背講稿，帥啦！

虎大歪、狗小圓，下臺一鞠躬！

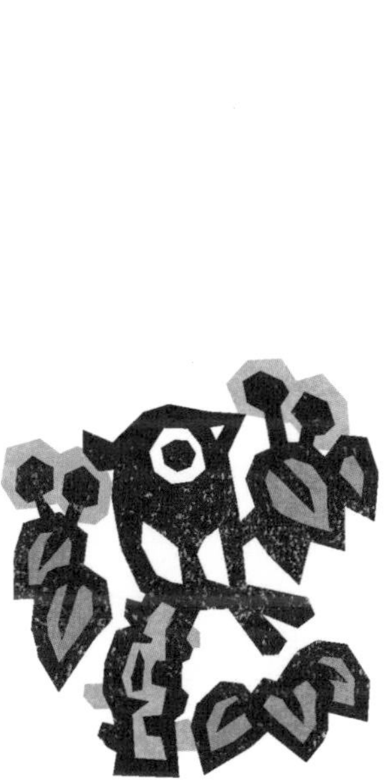

第五章 回文。反覆顛倒，前後相對

虎大歪、狗小圓，說學逗唱，上臺一鞠躬！

虎大歪：小圓怎麼一見面就送我一張苦瓜臉？表情好苦、好苦。

狗小圓：呼！今天好熱。不過到巷口買一罐優酪乳，我的汗水溼了又乾，乾了又溼，好難受。

虎大歪：哎喲！狗小圓這句「回文」的句子，渾然天成，真棒。

狗小圓：「回文」？你是說回族的文字？哈哈，你太抬舉我了，我哪會講回族話，哪會看回族的文字呢？我只知道回族美食有手抓羊肉、羊肉泡饃（ㄇㄛˊ）、清真八大碗……。不過，你硬是要讚美我，我也只好全部接受。

虎大歪：臺語諺語說得好，「講一個影，生一個囝」。你也太會瞎掰，往自己臉上貼金。回文是一種修辭方式，也叫做「迴文」或「回環」，是有趣的文字遊戲。順著讀或是反著讀，都能讀得通，都能讀出趣味的句子。

狗小圓：齁齁齁……

虎大歪：喂！你怎麼睡到打呼啦？快醒醒。

狗小圓：我一聽到你講「讀出趣味的句子」這類的話，就知道無聊時刻又要開始，又要有化簡為繁的辯論。不如先睡一覺，補補眠、養養神，順便回味回族美食饊(ㄙㄢˇ)子的好滋味。

虎大歪：嗯，饊子好吃，回文也真的很有趣。瞧，「自我突破，突破自我」這個句子，正著念或倒著念都行，好念又有趣。

狗小圓：「氣喘喘氣。」

虎大歪：「牙刷刷牙。」

狗小圓：「媽媽愛我，我愛媽媽。」

虎大歪：「喝酒不開車，開車不喝酒。」

狗小圓：小孩子不能喝酒，你也別講酒的例子。瞧，我講的例子都比你有趣、生活化。大歪說的例子都不接地氣[註①]，聽了頭昏腦脹。

虎大歪：「上海自來水來自海上」、「花蓮噴水池水噴蓮花」，這個厲害吧！

狗小圓：聽我說個精采的。咱倆密切合作，「魚幫水，水幫魚」，這個例子才是厲害。

虎大歪：蘇東坡評論王維詩作「詩中有畫，畫中有詩」，這個句子是千古以來大家都熟知的回文範例。

狗小圓：「飯粒」？我的帥臉上哪裡有飯粒？

虎大歪：我說的是範例，不是飯粒，你別自己嚇自己。

狗小圓：嘿！我想到一個好範例，「人嚇鬼，鬼嚇人」。

虎大歪：「友朋小吃，吃小朋友」。

狗小圓：哇！吃小朋友的店誰敢去呀？老闆是虎姑婆嗎？好可怕。

虎大歪：「友朋小吃」就在我家附近菜市場，老闆是長相和善的老婆婆。她專賣滷味，有牛蒡甜不辣、豆干海帶和蝦捲，滷得超級入味，齒頰留香。小朋友一放學都去那裡吃滷味，一點也不害怕。

狗小圓：我請媽媽做滷味給我吃比較快。老婆婆玩「吃小朋友」的文字遊戲，一點也不可愛，我不想去她的店裡。就像這個回文修辭，玩玩文字遊戲我還在行，別叫我寫長篇累牘的作文就好。

虎大歪：沒錯，玩玩有趣的文字遊戲，生活樂趣多。我再給你講一種把文字排列成圓圈圈來念的例子。

狗小圓：把文字排列成圓圈圈？幹嘛？因為無聊，所以「抓蝨母相咬」註②？

虎大歪：我說你聽。畫個圓圈，圓周上寫「難做人」三個字。來，你念念看。

狗小圓：難做人。念完了，好無聊。

虎大歪：我們可以念「做人難、難做人、人難做、做難人、人做難、難人做」。三個字有六種念法。

狗小圓：嘿！這個厲害。我也來試試看。畫個圓圈，圓周上寫三個字。「死讀書、讀書死、書死讀、讀死書、書讀死、死書讀。」不管順時針或是逆時針念，組合好多樣，太厲害了。總而言之，不要讀太多書，會累歪，會累成虎大歪！

虎大歪：畫個圓圈，圓周上寫三個字。「好讀書、書好讀、讀書好、讀好書、書讀好。」讀書最好，我最喜歡讀書。有一首歌我唱給你聽。「讀書好，讀書好，讀書不問老和少，人不讀書好像瞎子，看不到，知識無價，學問是寶，讀書好∼∼」

狗小圓：好了，別唱這些老掉牙兒歌了，都在教訓人。我們還是來講回文好了。

虎大歪：好的，來講個跟美食大有關係的回文。

狗小圓：跟美食有關的回文？我有興趣。

虎大歪：我外婆住的村子裡有家「清心飲食店」，牆上就有個大圈圈，圓周上寫著「也可以清心」五個字。

狗小圓：「也可以清心？心也可以清，清心也可以，以清心也可，可以清心也。」嘿！這個……好無聊，沒意思。

虎大歪：怎麼會沒意思？很多人都喜歡到「清心飲食店」吃飯。

狗小圓：我剛剛查了一下清心飲食店的菜單，看得我口水直流。你別光是叫我念回文，直接帶我去清心飲食店吃南瓜炒米粉、新鮮海膽、五味九孔鮑，我就會精神抖擻。

虎大歪：回文很好玩，只要運用得當，可以表現兩種事物或現象相互依靠或排斥的關係，比如「我為人人、人人為我」。

狗小圓：「我愛人人，人人愛我。」哈哈！我是萬人迷，大家都是我的粉絲。

虎大歪：網路上看到一句歌詞，「喜歡的少年是你，你是年少的歡喜」。這句話說給你聽，開心嗎？

狗小圓：我是美食家，有得吃才開心，說些好吃的來聽聽。

虎大歪：那天經過夜市，賣落花生的招牌上寫著「山東落花生花落東山」，很有意思。

狗小圓：這句好，我喜歡吃花生。我的兩個好朋友在臺南東山開民宿，另一個朋友的爸爸在臺南賣落花生。你短短一句話講到我的兩組好朋友，真妙。

虎大歪：最後跟你講個高明的回文詩，是蘇東坡寫的〈菩薩蠻〉。

狗小圓：蘇東坡不但是料理專家，也寫回文詩呀？

虎大歪：是啊，聽好囉。「嶠（ㄐㄧㄠˋ）南江淺紅梅小，小梅紅淺江南嶠。窺我向疏籬，籬疏向

離別惜殘枝，
枝殘惜別離。

我窺。老人行即到，到即行人老。離別惜殘枝，枝殘惜別離。」註③

狗小圓：哇！蘇東坡真是我的偶像。他不但會做好吃的東坡肉，還會寫這麼厲害的回文詩。我決定了——

虎大歪：你決定什麼事？效法蘇東坡寫回文詩？真有出息。

狗小圓：不對，我決定好好吃東坡肉，回文詩讓大家讀他老人家寫的就好。

虎大歪、狗小圓，下臺一鞠躬！

註① 接地氣是民間諺語，出自《禮記・月令》，孟春二月，「天氣下降，地氣上騰」，形容政商高層或有權有勢的人，廣泛接觸老百姓的普通生活，跟普通人民打成一片。

註② 抓蝨母相咬，臺語諺語。指一個人非常清閒，甚至閒到無聊得受不了。

註③ 【譯文】山南的江水淺處紅梅開出小花，淺紅色小朵梅花，開放在江南山嶺上。紅梅探看我倚靠著稀疏的籬笆，紅梅從籬笆的縫裡朝我望著。南極老人星行將到來，老人星到時，就是進入暮年時。離別時我們叮囑要珍惜餘年，紅梅枯謝了，我們會依戀別離時的情誼。

第六章

轉化。人物互換，化虛為實

虎大歪、狗小圓，說學逗唱，上臺一鞠躬！

虎大歪：昨晚夢見參加八百公尺自由式競速。一早醒來，渾身痠痛，除非誰幫我把背上的發條轉緊，否則我動也不能動。

狗小圓：我也沒好到哪裡去。昨晚樓上鄰居親戚來訪，小小的房子擠進十個人，好像辦運動會，吵到三更半夜。各種噪音鑽進來，在我的耳朵裡敲鑼打鼓，害我沒睡好。

虎大歪：我說一段超級精采的「轉化」修辭，小圓立刻講一句普通精采的「轉化」修辭，學人精。

狗小圓：你才學人精啦。樓上那家人是噪音製造機，我都快受不了了，好希望他

們快快搬家。

虎大歪：叫別人搬家難如登上喜瑪拉雅山。我們來講轉化修辭比較輕鬆簡單。

狗小圓：講轉化修辭一點也不簡單。我一聽到「修辭」二字，就頭昏腦脹，加上昨晚睡眠品質不好，累歪了我，沒精神也沒力氣。

虎大歪：就是因為累歪，才要轉換心情，讓自己恢復好精神。我們在描述一件事物時，捨棄平鋪直敘，「轉」變它原來的性質，「化」成另一種與本質截然不同的事物，這種好像是變魔術一般的寫作手法，稱為轉化修辭。

狗小圓：大歪不是崇尚化繁為簡嗎？每次都教我「繞個彎講話」的方式，吊人胃口，會比平鋪直敘好嗎？

虎大歪：講話要有技巧，寫文章更講究文辭優美。精采的文章讓人更能了解內容，這就是化繁為簡。而且我喜歡看魔術表演，也喜歡有魔術效果的轉化修辭。

狗小圓：這些個臺詞你很喜歡拿來重複使用，不怕它們發霉、發臭啊！幸好藍紋起司雖然發霉卻好吃，臭豆腐雖然臭卻迷人，食物真是奧妙的學問。

虎大歪：小圓講到重點了。臺詞是文字，不會發霉，你卻說它像食物一般會發臭，這就是標準的轉化修辭。

狗小圓：哇！我好厲害，修辭學問早就住在我的腦袋裡啦。

虎大歪：別往自己臉上貼金啦！轉化有三種——

狗小圓：轉化有三種，就像好吃的玉米有三種，有白玉米、甜玉米和糯米玉米。

虎大歪：我最愛吃糯米玉米，又Q又香，好吃。第一種是把自然界的萬物當成人類，有情感、能思考、能行動、會說話，叫做「擬人法」。

狗小圓：猴子不過穿了衣裳，戴了帽子，就被說是「沐猴而冠」。寫文章卻硬是把動物比擬成人類，也沒問問猴子願不願意當人。

虎大歪：使用擬人法，主要藉由這種修辭法讓文章變得更有趣味，同時讓人覺得更有親切感，沒有惡意，也不是不尊重。你聽這句，「春天的清晨，精力充沛的太陽公公準時從地平線躍起，滿心期待要跟地球打招呼」。說太陽公公精力充沛，有沒有讓你感到振奮呢？

狗小圓：沒有，我還是很累，肩膀痠疼。你把太陽比擬為「太陽公公」是老掉牙的譬喻，有沒有新奇一點的例句呀？

虎大歪：我來講個有意思的例子。「曼蒂葫蘆包裹的屁股圓滾滾，重心不穩，翻個大跟斗，撲通掉進海裡，趕快憋住氣，跟著退潮的海水往港外飄走。」

狗小圓：怎麼會說沒生命的曼蒂葫蘆包裹像人類一樣「憋住氣」啦！大歪怕黑

又怕鬼，如果真的看到葫蘆瓜長出五官，還會憋氣——

虎大歪：那我肯定嚇得昏倒。

狗小圓：一邊看故事書，順便學習修辭技巧，真是太無趣了。我來吃一條白玉米，你來說說轉化修辭的第二種是什麼？

虎大歪：第二種把人當作其他動物、植物，甚至無生物來描述，或者用「這物」來比擬「那物」的修辭法，稱為「擬物」。

狗小圓：這個我又有意見。用「這物」來比擬「那物」，拿香蕉比擬芭樂。嘿！「香蕉你個芭樂」，這有什麼趣味嗎？哈哈哈。

虎大歪：「香蕉你個芭樂」是罵人的話，不要亂講。

狗小圓：知道啦。我再吃一條甜玉米，你接著說。

虎大歪：剛剛你被我逗笑了，表示轉化修辭趣味很有趣。把一種事物想成是另一種事物，重點是要找出兩種事物的共通性，使兩者結合，產生奇妙又生動的聯想。例如：「這隻老鼠根本是挖土機，把我珍貴的書櫃挖出好幾個窟窿。」用「挖土機」比擬「老鼠」，以物擬物，厲害吧！

狗小圓：蠹蟲、蟑螂和老鼠都是挖土機，專門破壞衣服和書本，非常可惡，一點也不厲害。

虎大歪：「七個野人，滿頭長滿蓬亂雜草，面目猙獰，身上穿著動物毛皮，腳丫子上都是爛泥巴。」把野人亂七八糟的「頭髮」，比擬成「蓬亂雜草」，會不會讓你想拿割草機幫他們剪剪頭髮？

狗小圓：每次我很久沒理髮，媽媽都說我頭上有鳥窩，是不是以物擬物的一種講法？

虎大歪：沒錯。你現在就頂著大鳥窩，當心滿頭鳥屎。

狗小圓：別再盯著我的頭髮做文章，明天就請姑姑幫我剪！轉化修辭的第三種是什麼？

虎大歪：第三種是把抽象的感覺，化為具體存在的事物，叫做「形象化」。例如：「他心底的悲傷、難過和無助，被絕望這塊磨石磨得鋒利無比！」說「絕望」是「磨刀石」，就是形象化修辭。把看不見、摸不著的感覺，轉化成為可以被磨刀石磨利的刀子，也是形象化修辭。

狗小圓：簡而言之，形象化修辭就是把抽象的感覺變成3D立體成像。這個厲害，我喜歡。

虎大歪：你聽聽這一段。「凱蘿把責任這個不容易消化的法式奶油蛋糕切一半，分給艾斯，她輕鬆多了，也不再懊惱了。」把抽象的「責任」寫成「具象」的大蛋糕，就是形象化用法。

狗小圓：大歪對我最好了，什麼時候帶我去買好吃的法式奶油蛋糕啊？

虎大歪：再聽一段。「靈感之神在小精靈凱蘿的腦袋裡吹了一個小泡泡，小泡泡『啵！』的一聲，爆出幾個可愛的小點子。」把腦袋裡抽象的「點子」，形容為靈感之神吹的「小泡泡」，這也是形象化。

狗小圓：那天我看書上寫：「樹天使……走到汗流浹背才停下，用手背擦去汗珠，擦掉懊惱和沮喪。」像這段文字，把無形的「懊惱」和「沮喪」，比擬成「汗珠」，可以用手背擦去，也是形象化。

虎大歪：對對對，小圓進步了。你來講幾個轉化修辭的例子，換我來吃糯米玉米。

狗小圓：轉化修辭我學會了，糯米玉米早被我吃完了。我腦袋裡的書架裝滿滿，肚子裡的食物櫃也滿載，先走一步，告辭。

虎大歪：好你個狗小圓，把我當成提款機還是食物銀行？連吃帶拿，吃乾抹淨，別跑！

虎大歪、狗小圓，下臺一鞠躬！

第七章 跳脫。 心念急轉，岔開話題

虎大歪、狗小圓，說學逗唱，上臺一鞠躬！

狗小圓：今天，請虎大歪為大家獻唱一首〈潑水歌〉，請大家熱烈掌聲鼓勵！

虎大歪：「昨天我打從你門前過，你正提著水桶往外潑……」喂，小圓，你幹嘛拿水潑我啊？

狗小圓：我配合你的歌詞，幫你做表演效果，你還凶我。「狗咬呂洞賓，不識好人心。」

虎大歪：我只求你不要攪局，不奢求你幫忙，我這可是剛買的新鞋——哎呀！你踩我的新鞋幹嘛？

狗小圓：沒聽過穿新鞋、踩三下嗎？——哎喲！你怎麼打人哪？

虎大歪：把我的新鞋踩髒了，不打你我打蒼蠅啊？——這隻蒼蠅好討厭，嗡嗡嗡，煩死了！——把你的狗腿藏好，別讓我看見。

狗小圓：大歪好壞，指桑罵槐，說我是蒼蠅，還罵我是狗腿。

虎大歪：這裡真的有蒼蠅亂飛，而且狗小圓的腿不叫狗腿，難道叫虎腿嗎？喂，你有沒有發現，我們今天講的話有個特別的地方？

狗小圓：有哇！我講得特別好，大歪一貫的老番癲又不講理，哼！

虎大歪：我是講理天王，你才是年幼無知又不講理。寫作的時候，突然想到什麼事情，擺上破折號，中斷文章，叫做「跳脫」修辭。

狗小圓：我倆講話講得好好的，突然說什麼「跳脫」修辭？

虎大歪：我們剛剛的對話，都是講到一半，突然發生意外狀況，中斷我們原來講話的內容，跳接到其它事情上，這就是「跳脫」修辭。

狗小圓：我還以為你跟我一樣，不喜歡寫作文，寫著寫著，把筆丟下，「跳」著出門打球，熱到「脫」衣服呢。

虎大歪：跳脫是一種跳動、突出、脫略的語言。形式上看起來是殘缺不全或斷斷續續，不知情的人會以為作者不會寫文章。

狗小圓：大歪終於承認自己不會寫文章啦！

虎大歪：真金不怕火煉，真材實料不怕小圓誣蔑。擅長跳脫修辭的我，可以寫出符合真情實境的好文章，並且藉由出乎意料的句法，引起讀者的注意。

狗小圓：籃球比賽中，我帶球上籃的時候，對手擋在前方，想蓋我火鍋。技巧高超的我，來個「中途急轉」，一翻身就從防守縫隙中灌籃得分。這個跳脫就是中途急轉吧！

虎大歪：咦？你不是貪吃的饕餮嗎？怎麼改行當籃球前鋒啦？

狗小圓：你寫文章可以隨意跳脫，我就不能兼打籃球嗎？「只許州官放火，不許百姓點燈」，大歪真不講理。

虎大歪：哎呀！小圓又「不知不覺」、「歪打正著」，講了跳脫修辭的「插語」。

狗小圓：真的？我又變成修辭天王了？

虎大歪：你講話時，突然插進一句俗語、成語或諺語，幫助理解，這就是跳脫修辭的「插語」。

狗小圓：我喜歡吃的花生有四種：炒花生、花生酥、花生糖和花生醬。跳脫修辭有哪幾種？

虎大歪：跳脫修辭第一類是「突接」。敘事的時候，這一件事還沒講完，有突發狀況，跳接著敘述另外一件事，就是突接。喂，別偷拿我最愛的澎湖花生酥。

狗小圓：攝影機原本拍攝虎大歪凶巴巴的臉，突然鏡頭一轉，開始拍狗小圓帥氣的五官——我這個突接的例子更棒。

虎大歪：咦？這裡怎麼突然有濃厚臭屁味兒呢？

狗小圓：「我這不是臭屁，是必須臭屁；不是自誇，而是必須自誇。」[註] 那個，跳脫修辭第二類是啥？

虎大歪：跳脫修辭第二類是「岔斷」。講話或作文的時候，由於其他事情闖進來打岔，因而使思慮、言語、行為中斷，叫做岔斷。

狗小圓：「岔斷」？喀嚓一聲切斷的意思嗎？我正在品嘗鮮嫩多汁的薯餅牛肉堡，腦袋裡蹦出好多美妙精采的形容詞，突然看到大歪拿著一袋垃圾從廁所出來，我立刻閉上眼睛，搖頭嘆息，那些形容詞都跑光光。這就是岔斷，對吧？

虎大歪：「我正在講岔斷修辭，小圓突然說他要去廁所收拾垃圾，打斷我的話。」這就是岔斷。

狗小圓：我正在想晚餐要吃雞排還是牛排，大歪不識相，跟我囉嗦跳脫修辭，這是不是思想上的岔斷？

虎大歪：你呀，又是吃漢堡又是啃牛排，我好像聽到你家體重計的哀號了。來，跳脫修辭的第三類是「插語」，在講話當中，穿插幾個詞語，就叫做插語。

狗小圓：昨天我經過泰式餐館——別誤會，我不是要講吃的——看到一對父子吵架，原因是孩子不管說什麼，爸爸都說不行。這句算「插語」吧？

虎大歪：算算算，你說得很好。可惡的——別躲，我不是要打你——蒼蠅，從剛剛一直來吵我。來人哪！蒼蠅拍伺候。

狗小圓：蒼蠅拍來了，您打蒼蠅，別打我呀！呼！這樣的對話講起來好累人。不但得思考內容，還得注意隨時飛過來的巴掌……。

虎大歪：還要注意莫名其妙伸過來踩我新鞋的狗腿……。

狗小圓：還要提防又尖又利的虎牙……。

虎大歪：說的好。又尖又利的虎牙咬你一大口……。

狗小圓：好什麼好啊？話都沒說完，一直被打斷……。

虎大歪：不好意思，再打斷你一次。兩個人講話，如果像插話大王那樣，一直使出岔斷手法，真的很傷腦筋。來，跳脫修辭的第四類，也就是最後一類是「脫略」。為了表達情境的急迫，要求文氣的緊湊，故意省略幾個語句，就是「脫略」。

狗小圓：該講的話沒講完，就是「脫略」修辭？有這種事？上數學課的時候，我打斷老師的話，搶先講出答案，還被老師罰站。

虎大歪：你打斷老師講課，被罰站活該。我倆在這兒表演，為求精采呈現，鏡頭都對準主角我，忽略配角小圓，這就是攝影技巧上的脫略。

狗小圓：攝影師不可能把鏡頭對準大歪。小圓我長得帥，顏值高又有學問，而大歪……唉！別提了。

虎大歪：哼！這個例子舉得很差，卻是脫略的好例句。

狗小圓：哎喲！我又誤打誤撞講對啦。不是我抱怨你……，算了，不說也罷。

虎大歪：是啊！你專講你的少數幾個優點，卻跳過我像天上星辰一樣多的優點，正是脫略修辭……，喂！你跑哪兒去？

狗小圓：我突然想起一件重要的事沒辦——我不是要去吃花生湯，你別誤會——先告辭啦！

虎大歪：此地無銀三百兩，我就知道你要去永樂市場吃花生湯配油條，等等我。

虎大歪、狗小圓，下臺一鞠躬！

註

狗小圓現學現賣，套用網路查到的周夢蝶〈逍遙遊〉的詩句，略加修改。

不是追尋，必須追尋
不是超越，必須超越——
雲倦了，有風扶著
風倦了，有海托著
海倦了呢？堤倦了呢？（節錄）

第八章

提問。

設計問題，引起注意

虎大歪、狗小圓，
說學逗唱，上臺一鞠躬！

虎大歪：寫作的時候，為了讓文章更生動、引起讀者格外注意，作者不用普通的敘述，而用詢問的口氣來表示。這種修辭法就叫「設問」。小圓覺得，這個講法有道理嗎？

狗小圓：咦？今天直接切入重點，不講些好聽輕鬆的話來騙我講修辭啦？不講那句「化繁為簡」的老掉牙臺詞啦？

虎大歪：化繁為簡非常好，但是偶爾也要「直截了當」、「速戰速決」。今天我們來個「開門見山」，廢話少說，直接講重點。你覺得在文章裡提出幾個問題，會不會比較有吸引力？

狗小圓：會呀，問問題總是比較吸引人。如果媽媽說晚餐就吃義大利麵，沒得選，就一點也不好玩。如果媽媽問晚餐想吃雞絲麵，還是排骨飯？有兩個選項可以選，那就有意思了。

虎大歪：你想吃哪一種晚餐？

狗小圓：義大利麵或是排骨麵都好。雞絲麵沒有雞絲又很小包，是騙人的。我小時候不懂事被騙過，現在休想再來騙我，哼！

虎大歪：哈哈，這件事我記得，你夾起雞絲麵找雞絲的畫面，實在太好笑了。設問修辭依照使用的不同方式，有三種不同的用法，分別是「懸問」、「激問」和「提問」。

狗小圓：設問修辭也有三種，我喜歡的起司也有三種。我看，就讓莫札瑞拉起司配懸問，帕馬森起司配激問，布利起司配提問好了。

虎大歪：哈哈！你還幫它們配對呀，配對的理由是什麼呢？

狗小圓：沒什麼理由，我吃美食的邏輯只有一個，那就是隨心所欲，愛吃啥就吃啥，心情到哪裡，就吃到哪裡，如此而已。

虎大歪：狗小圓的吃貨思維也講究邏輯，真是佩服你。

狗小圓：我先來一塊莫札瑞拉起司，你先講設問修辭的第一種。預備備，開始。

虎大歪：還預備備咧，又不是跑百米。設問修辭的第一種是「懸問」，它又叫「疑問」。寫作時，作者心中確實有疑問，又不知答案是什麼，於是向別人請教或向自己提出疑問。

狗小圓：有這種事？寫文章的時候，不把資料查清楚，還問讀者問題，讓讀者傷腦筋，這是專業作家的不專業作法嗎？

虎大歪：哎呀！小圓提出了一個懸問，好棒棒。作者所問的問題懸疑難解，文章也不提供答案，讓讀者仔細尋思，慢慢咀嚼，這就叫懸問。

狗小圓：大歪今天早上吃什麼早餐呢？我並不知道這個問題的答案，所以這是懸問，對嗎？

虎大歪：沒錯！但是你看我的臉，一臉滿足，猜想我肯定吃了很棒的早餐。這些猜測與推理讓你的生活充滿樂趣。

狗小圓：我的早餐非常豐盛，一點也不想知道你早餐吃什麼。

虎大歪：孟浩然的《春曉》寫道：「春眠不覺曉，處處聞啼鳥。夜來風雨聲，花落知多少？」這個花落知多少？沒有答案，就是懸問。

春眠不覺曉，處
處聞啼鳥，夜
來風雨聲，花
落知多少？

狗小圓：大歪怕黑又怕鬼，到底什麼是鬼呢？大歪又沒做虧心事，為什麼怕鬼怕成這樣？難道……。

虎大歪：喂！沒什麼難道，你哪壺不開提哪壺，就不怕我也揭你瘡疤嗎？

狗小圓：你這也是懸問，對吧？你不知道我怕不怕，說出來只是嚇我，對吧！大丈夫頂天立地，沒有瘡疤讓你揭。

虎大歪：要不要我說說，你昨天為什麼被老師罵啊？

狗小圓：哎呀！昨天的事就不用提了，該吃帕馬森起司配激問啦！啥是「激問」呢？大歪大人。

虎大歪：「激問」就是作者內心已經有定見，提出問題卻不給答案，然而讀者仔細推敲之後，卻可窺見作者的暗示，這就是激問。

狗小圓：作者明明有答案，卻故意提出問題，這不是「明知故問」，故意整人嗎？

虎大歪：小圓說的好，激問表面上看來沒有答案，但仔細想想，它的答案就在問題的反面，而且相當明顯。

狗小圓：「當一隻豬，如果不吃不喝，不玩不睡，那不是非常失職嗎？不是破壞了『豬』在大家心中的形象嗎？不是讓大家都失望了嗎？」這就是激問，對嗎？

虎大歪：沒錯，當一隻好豬，就要大吃大喝大玩大睡。答案就在問題的反面，正是激問好範例。

狗小圓：又說「飯粒」來嚇人！我猛一聽，還真以為我臉上哪裡黏著飯粒。大歪不講這種讓我不安的話，就不開心嗎？

虎大歪：是啊！看你緊張兮兮，我就開心。你不也一樣，小圓一天不調（ㄊㄧㄠˊ）侃（ㄎㄢˇ）我，日子就難過嗎？

狗小圓：沒錯，我就愛虧你，是你告訴我的，「互相漏氣求進步」。你這個問題的答案就在題目反面，所以也是激問。來一塊布利起司，再說說第三種提問又是什麼花招呀？

虎大歪：臺語的「互相漏氣求進步」是反諷，最好不要隨便亂講，免得破壞我倆感情，懂嗎？

狗小圓：好啦好啦！半斤八兩，大歪真是囉嗦。第三種提問是什麼啦？

虎大歪：提問又叫「問答法」。作者為了提起下文而發問，叫做提問，提問之後一定附有答案，也可以說是作者自問自答的寫作方式。

狗小圓：我是大帥哥嗎？沒錯，我是宇宙無敵超級大帥哥。這就是「問答法」嗎？

虎大歪：你最愛的節氣是清明，你倒背如流那首杜牧的詩就用到提問修辭。

狗小圓：有嗎？我背背看。「清明時節雨紛紛，路上行人欲斷魂。借問酒家何處有，牧童遙指杏花村。」這首詩哪裡有提問？

虎大歪：古時候沒有標點符號，我們得依照句義來下標點。借問酒家何處有？這是提出問題，後面緊接著給出解答——牧童遙指杏花村，這就是提問。

狗小圓：南唐李後主寫的詞：「春花秋月何時了？往事知多少。小樓昨夜又東風，故國不堪回首月明中。雕欄玉砌應猶在，只是朱顏改。問君能有幾多愁？恰似一江春水向東流。」註最後兩句就是提問，對吧？

虎大歪：沒錯，前面的「春花秋月何時了」是懸問。小圓上網查資料的速度愈來愈快，好棒棒。

狗小圓：跟大歪在一起混久了，總得學會投機取巧的小把戲，否則怎麼對得起我浪費的大把時間呢？

虎大歪：哈哈，你這是激問，答案就在問題的反面。

狗小圓：每次聽你講激問，我都想到「雞問」。到底是「雞問」，還是「鴨問」哪？

虎大歪：你就會亂講，過來面壁思過。

狗小圓：我一邊面壁思過，一邊吃起司配洋芋片，大歪會不會「凍未條」，過來跟我一起面壁思過呢？

虎大歪：你好好的面壁思過去，起司和洋芋片我都沒收。

狗小圓：不能沒收我的起司和洋芋片，那是我爸爸的點心，被他發現的話，我倆逃得了嗎？

虎大歪、狗小圓，下臺一鞠躬！

註

【譯文】一年的時光什麼時候才能了結，知道往事有多少？昨夜小樓上又吹來春風，在明月當空的夜晚，怎麼承受得了回憶故國的傷痛？精雕細刻的欄杆、玉石砌成的臺階應該都還在，只是所懷念的人已衰老。要問我心中有多少哀愁，就像這不盡的滔滔江水，滾滾向東流去啊！

第九章 引用。大咖助陣，名言佳句

虎大歪、狗小圓，說學逗唱，上臺一鞠躬！

狗小圓：來來來，我剛剛寫好一篇文章，請大歪幫我看看，是不是六級滿分的水準？

虎大歪：字體工整，文章剛好寫滿一張五百字稿紙，長度適中。

狗小圓：我文思泉湧，五百字的文章是小意思。

虎大歪：你用了三個成語，用得也還算恰當，不錯。

狗小圓：怎麼會不錯？應該是很棒才對！

虎大歪：這裡是「譬喻」和「誇飾」修辭，這裡又有「轉化」和「頂真」修辭。小圓從我這裡學了不少修辭技巧，不錯。不過，你講道理的時候有點心虛，理不直氣不壯，沒辦法說服讀者，也沒辦法加分。

狗小圓：我尖叫起來，你一定會捂著耳朵說受不了。我理直「氣」也壯，一定可以說服讀者，拿到好成績。

虎大歪：你可以引用別人的話或典故、俗語等，證明你講的道理是經過時間考驗的真理，這叫做「引用」修辭。引用是利用一般人對權威的崇拜及對大眾意見的尊嚴，來加強自己言論的說服力。

狗小圓：聽起來「引用」法就是抄襲，抄襲別人說過的話，不可取。

虎大歪：這是引用修辭，不是抄襲，要分辨清楚。你可以試著在文章裡引用「大人物」講過的話，說理的強度就會大增。

狗小圓：引用「大人物」的話？誰是大人物呀？

虎大歪：我就是大人物，你可以在文章裡引用我的話，而且不用付費。

狗小圓：你是大人「誤」才對，哈哈哈！我講話或是寫文章，不喜歡引用別人的話。我出口成章，句句皆真理，文章漂亮，常常得高分。

虎大歪：引用名人的話語或事跡、詩文或典故、寓言或格言、成語或諺語、還有趣味十足的歇後語，不但給自己撐腰，支持自己的立場，更能證明並且加強提出的理論，讓文章的內容更加充實，可讀性更高，更吸引人。

狗小圓：哈哈，我直接引用大人物的一大段文章，字數馬上達標。

虎大歪：直接複製一整段或是一整篇文章，那就是抄襲，違反著作權法。

狗小圓：那我該怎樣引用呢？有什麼規則嗎？

虎大歪：引用修辭共有「明引」和「暗引」兩種。

狗小圓：一種是光明正大、明白引用；一種是偷偷摸摸、暗地裡引用……。

虎大歪：喂！你老是用這些狗皮倒灶的伎倆，逐字逐句挑起事端，扭曲我的意思。

狗小圓：哎喲！開個小玩笑，「大歪大歪別生氣，明天帶你去看戲」。

虎大歪：嘿，這就是引用！你剛剛用了暗引修辭。

狗小圓：暗引？我偷偷摸摸引用了什麼？

虎大歪：你引用童謠的歌詞：「小姐小姐別生氣，明天帶你去看戲。看什麼戲？看你爸爸流鼻涕。」而且，你還添加新的創作。

狗小圓：你亂念，根本就是「小姐小姐別生氣，明天帶你去看戲，我坐椅子你坐地，我吃香蕉你吃皮」。

虎大歪：這是童謠，有押韻的。只要押對了韻，愛怎麼接就怎麼接，版本有好多種，每一種念起來都很有意思。話說，引用修辭第一種是

「明引」，清楚明白的指出引用的話出自何處。

狗小圓：從童謠接到引用修辭，這個轉折也太生硬了。來，舉個明引的例子給我聽聽。

虎大歪：俗話說「人不痴狂枉少年」，我想你是「人不中二[註①]枉少年」。明白引用「俗話」，就是明引。

狗小圓：曾國藩說：「作人從早起做起。」你呀，「罵我從早罵起」。我明白引用曾國藩的話，是明引。

虎大歪：孟子曰：「君子有終身之憂。」我明白引用孟子的話，也是明引。你這麼臭屁，當然欠罵，從早罵到晚都不嫌多。你再不收斂一些，就等著終身被罵。

狗小圓：「小老鼠，上燈臺，偷油吃，下不來，嘰哩咕嚕滾下來。」、「虎大歪，愛罵人，每天罵，罵不停，哎喲喂呀罵不停～～」這是我引用兒歌而創作的〈罵罵歌〉，讚讚的。

虎大歪：〈罵罵歌〉？負能量太強的兒歌，不會流行。這個世界上的運作法則，還是以善良優美為主。你剛剛提到曾國藩說作人從早起做起，我有話想說。

狗小圓：嘿！大歪客氣了，你哪一次不是想說話就說話。

虎大歪：李文炤（ㄓㄠˋ）的《勤訓》提到相同的理論：「治生之道，莫尚乎勤，故邵子云：『一日之計在於晨，一歲之計在於春，一生之計在於勤。』言雖近而旨則遠矣。」

狗小圓：紹子？紹子麵？還是哨子？哨子哪會講道理？

虎大歪：這個「邵子」不是那個放在嘴邊吹的哨子，是北宋大思想家邵雍。他寫過一首詩，小圓應該很熟。

狗小圓：你別矇我！你曾經講過，邵雍一輩子寫過一千五百多首詩，我一想到就頭疼，哪會記得他寫過什麼詩啊？

虎大歪：他寫過一首〈山村詠懷〉：「一去二三里，煙村四五家。亭臺六七座，八九十枝花。」註② 文字簡單明白，意境深遠，我很喜歡，也常常背誦。

狗小圓：我記得這首詩，我倆講數字詩的時候提過，但是我比較喜歡鄭板橋的〈詠雪〉：「一片兩片三四片，五六七八九十片。千片萬片無數片，飛入梅花總不見。」註③ 我倆各講一首詩，也是引用修辭的一種嗎？

虎大歪：不，是我倆岔開話題，偷偷聊天。

狗小圓：嘿！廢話少說，引用修辭的第二種是什麼呀？

一去二三里，
煙村四五家，
亭臺六七座，
八九十枝花。

虎大歪：第二種是「暗引」，引用時不曾指明出處，直接將引文放在文章或講詞中。你好大的膽子，在「老虎嘴上拔毛」，敢作〈罵罵歌〉酸我？我沒說「老虎嘴上拔毛」是俗語，直接套上引號使用，就是「暗引」。

狗小圓：「電線桿綁雞毛」，我好大的「撢（ㄉㄢˇ）」子，幫大歪撢地上的灰塵。

虎大歪：暗引歇後語或是諺語，都會讓文章更添趣味。

狗小圓：養成運動家的風度，首先要認識「君子之爭」。你年紀老，讀的書多，偷偷做好的小抄更多。分我幾張，讓我跟你公平競爭才合理。

虎大歪：喂！又講話酸我。「放下屠刀，立地成佛」，知道該怎麼做了嗎？

狗小圓：「同舟共渡，要修五百年。」一起講相聲，要修一萬年，咱倆好好珍惜相處的緣份，互相漏氣求進步。

虎大歪：誰跟你互相漏氣求進步！你這篇文章沒有引用大歪我的名言，我給你四級分。我吃士林隱藏版美味涼麵去，懶得理你。

狗小圓：喂！有好吃涼麵千萬別隱藏，不可公報私仇，至少給我五級分，我就請你吃香蕉，我吃香蕉你吃皮……。

虎大歪、狗小圓，下臺一鞠躬！

註① 中二，源自日語「中二病」。用於描述自認為有特殊能力或知識、性格自大、極度想出人頭地的青少年，也就是俗稱的「屁孩」。

註② 【譯文】到二三里遠的地方，來到有四五個冒著炊煙的人家。路過六七座亭臺樓閣，周圍開著十幾枝花。

註③ 【譯文】飄飛的雪花一片兩片三四片，五六七八九十片。成千上萬數也數不清，飛入梅花叢中就消失不見。

第十章

誇。飾。

誇張修飾，言過其實

虎大歪、狗小圓，
說學逗唱，上臺一鞠躬！

狗小圓：「母老虎阿珍是紅森林大王，她的脾氣火爆、個性倔強，即使有九頭牛來拉她，也沒辦法把她從想做的事情上拉開。」

虎大歪：這個母老虎阿珍聽起來很倔強，最好不要讓我看到她，否則我……。

狗小圓：「母老虎阿珍開罵功力深厚，嘴巴一張開，罵人的話就像尼加拉大瀑布，嘩啦嘩啦川流不息。」聽到這裡，大歪還會想要惹母老虎阿珍生氣嗎？

虎大歪：幸好她是故事裡的小角色，比灰塵還渺小，不值得為她浪費時間。

狗小圓：聽聽這段。「你身上流著肥油；你的頭比超級大南瓜還大；你的肥肚腩就像懷了一百隻小老虎一樣腫。」

虎大歪：哇！這個故事的作者肯定擅長吹牛，而且吹牛不打草稿，可以找他來當「誇飾」修辭代言人。

狗小圓：哎喲，我的媽！大歪又不知不覺把話題轉到修辭上頭，真的很誇張。

虎大歪：你才誇張。我們節目的標題就是「虎大歪、狗小圓講修辭」，你賴我騙你說修辭，這是怎麼一回事？

狗小圓：這是節目「笑」果啊！大歪大歪別生氣，明天帶你出國去。

虎大歪：你這也是誇飾用法，你連護照都沒有，明天哪能出國？將客觀的人、事或物特點，透過主觀情意，用誇大鋪張的渲染描述手法，使其與真正的事實相差很遠，加深讀者的閱讀印象，這種修辭技巧稱為「誇飾」。

狗小圓：哦？大歪在講火星話嗎？我有聽沒有懂。

虎大歪：呵呵，我哪是講火星話，你這也是用誇飾法，誇張你的愚蠢。

狗小圓：我現學現用誇飾法，你應該嘉獎我才對。你罵我，我就要唱〈罵罵歌〉灌爆你的耳膜。

虎大歪：好好好，別唱〈罵罵歌〉。小圓好棒棒，為你拍拍手，帶你去遛狗，給你放煙火。

狗小圓：誇飾修辭真簡單，講完了嗎？收工回家吃披薩。

虎大歪：別急，我喜歡的堅果有五種：夏威夷果、山胡桃、核桃、腰果和杏仁果。誇飾修辭的種類，依內容區分，可以分為「空間」、「時間」、「物象」、「人情」與「數量」五種。依形式分類，有「放大」與「縮小」兩種。

狗小圓：算你厲害，盜用我那句「好吃的瓜子有三種」。

虎大歪：雖說天下文章一大抄，但我那是引用。說我盜用，你太誇張。先來說說「空間」誇飾法。空間方面所包含的高度、長度、面積與體積都可誇飾，可以放得很大，也可以縮得很小。

狗小圓：舉例來聽聽。

虎大歪：李白寫過一首〈秋浦歌〉：「白髮三千丈，離愁似個長；不知明鏡裡，何處得秋霜。」註① 這首詩是說他的白頭髮和他的離愁一樣，有三千丈那麼長，這就是長度的誇飾法。

狗小圓：我有問題。萬丈贏過三千丈，為什麼不寫萬丈而是三千丈呢？

虎大歪：問得好。第一、可能是押韻問題；第二、三和千是數字中唯二的兩個「平聲」，其它的數字都是「去聲」或是「入聲」，所以「三千」兩個字

白髮三千丈，離愁似個長；不知明鏡裡，何處得秋霜。

連用，表示很長、很長。很多故事裡都說三個願望，其實，「三」就是「多」，願望很多的意思。

狗小圓：哇！我的問題有這麼大的學問，我真了不起。

虎大歪：第二種是「時間」的誇飾。李白寫的「朝辭白帝彩雲間，千里江陵一日還。兩岸猿聲啼不住，輕舟已過萬重山。」註②說千里江陵一日可到達，太誇張了，這就是時間的誇飾。

狗小圓：李白的〈將進酒〉寫道：「君不見，高堂明鏡悲白髮，朝如青絲暮成雪。」早上一頭黑髮，傍晚全部變成白髮，人哪會老得那麼快？這也是誇飾。

虎大歪：你常說「一日不見，如三秋兮」。一天不見，好像三個月不見那樣思念，實在太誇張，正是不折不扣的誇飾法。

狗小圓：我就說我是修辭天才，修辭早就住在我的腦袋，早知道收它房租，我就賺翻啦！

虎大歪：第三種是「物象」的誇飾。誇張事物的外貌，可以刺激讀者的觀察欲望，喚起讀者的想像力，增強讀者的閱讀感受。「黑貓指揮的肥肚腩又圓又腫，兩隻手好像兩個大啞鈴，跟著節奏左搖右晃，根本就是節拍器！」

狗小圓：這就是物象誇飾？來來來，故事拿來，我知道一段。「母老虎阿珍不停的哭，把剛剛喝的那瓶水都哭成淚水流出來了。」剛剛喝下去的水，馬上可以哭成淚水，真的很誇張。

虎大歪：這些寫故事的人，真的很會瞎掰，把我唬得一愣一愣。第四種是「人情」的誇飾。人類的情感，寫作時也常藉著誇飾來抒發，以打動讀者的心，引起讀者的共鳴。

狗小圓：「開心得要飛起來」、「氣得心底冒火」、「緊張得心臟快從嘴巴跳出來」，都是人情的誇飾。

虎大歪：「黑豬毛毛一聽見『紅燒豬腳』這四個討厭的字，氣得七竅冒出濃煙，鼻子噴出怒火！」這段誇張敘述黑豬毛毛生氣的狀況，真的很嚇人。

狗小圓：黑豬毛毛哪裡比得上你呀？大歪一生氣，火冒三千丈，小圓嚇得秒噴飛五萬里。

虎大歪：貪吃的你，肚子裡好像裝了三個保齡球，笨重無比，根本沒辦法秒噴飛，哈哈哈！

狗小圓：「虎大歪，愛罵人，每天罵，罵不停，哎喲喂呀罵不停～～」

虎大歪：別再唱〈罵罵歌〉啦！廢話少說，來講最後一個「數量」的誇飾，物品數量的多寡，可以增多或者減少，使文句讀起來很驚人。

狗小圓：大歪頭髮稀少好像撒哈拉沙漠；小圓頭髮茂密好似亞馬遜叢林。來，叫我修辭高手。

虎大歪：「小圓臉上遍地青春痘，好似月球表面，凹凸不平。大歪從不知長青春痘的滋味，臉上好似鏡面，光滑無比。」你的青春痘數量多到爆，我完全沒有青春痘，我才是誇飾修辭高手。

狗小圓：嘿嘿！是誰背上長過好大一個青春痘，美容外科醫師還在開刀房花了四個小時，光為了對付那顆青春痘啊？

虎大歪：喂！不可以洩我的底，你給我閉嘴。把你的小狗腿伸過來，吃我一棒。

狗小圓：「虎大歪，愛打人，每天打，打打打，哎喲喂呀打不停～～」這首〈打打歌〉可是榮登世界流行歌曲三週榜首……，快逃，大歪真的要打人啦！

虎大歪、狗小圓，下臺一鞠躬！

註① 【譯文】我白髮長達三千丈，是因為憂愁才長得這樣長啊！不知道在明鏡當中，是哪裡的秋霜落在我的頭上？

註② 【譯文】清晨，我告別高入雲霄的白帝城，前往遠在千里之外的江陵，船行只要一天的時間。兩岸猿聲在耳邊不停的啼叫，不知不覺，輕舟已穿過萬重青山了。

第十一章 層遞。依序排列，層層遞進

虎大歪、狗小圓，說學逗唱，上臺一鞠躬！

虎大歪：小圓今天氣色很棒，臉上油吱吱的，昨天吃大餐了？

狗小圓：大歪真是神算。昨天參加大伯六十歲生日宴會，龍蝦魚翅和鮑魚都沒有，是素食餐廳，不過菜色好棒棒，吃得好過癮。而且，大伯的致詞很棒，獲得滿堂彩。

虎大歪：你大伯說什麼？

狗小圓：來，我放影片給你看。「孔老夫子說，吾十有五而志於學，三十而立，四十而不惑，五十而知天命，六十而耳順，七十而從心所欲，不踰矩。我也到了六十耳順的年紀，以後你們要多講一些讓我『順耳』的話

喔！」哈哈，大家都說大伯好幽默。

虎大歪：你大伯引用孔老夫子這段話，就是修辭學上的「層遞」。

狗小圓：嘿！這個你也能「牽拖」[註]到修辭上頭，大歪真是「牽拖天王」，佩服佩服。

虎大歪：牽拖天王不敢當，「修辭天王」勉強接受。來，天王來講修辭。凡是要形容的有兩個以上的事物，這些事物又有大小、輕重、深淺、高低等等比例，而且比例又有一定秩序，於是依照順序排列，表達出層層遞升，或者層層遞降的一種修辭技巧，就是層遞。

狗小圓：層層遞升就像上樓梯，層層遞降就像下樓梯，按照順序、一層一層慢慢講，有條有理容易懂。

虎大歪：層遞修辭還有一個有趣的講法，就是俗稱「剝竹筍」的步驟。

狗小圓：竹筍很好吃耶。不過，我沒剝過竹筍。我看媽媽處理竹筍，總是從中間一刀切下，再往左右剝開筍殼，三下搞定。

虎大歪：媽媽做家事，講究效率，動作快最重要。但是，我們寫作的時候講究順序，依照邏輯思維，層層

處理，抽絲剝繭，仔細分析與闡述，由表入裡，由淺漸深，層層遞進，清楚明白。

狗小圓：聽大歪講這麼一大串，我先是感覺沉悶，接下來打了呵欠，然後有了想睡覺的念頭。

虎大歪：你想睡覺的過程，就是層遞修辭法。「先是……接著……最後……」，就是層層敘述、循序漸進的道理。

狗小圓：最後我就真的睡著了，哈哈！

虎大歪：別開玩笑。寫文章的時候，藉由層遞的表現手法，把論點闡述得更嚴密透澈，讓文章的氣勢，像江河似的順暢流動，說道理或敘述事情，都有一氣呵成的效果。

狗小圓：大歪說得有道理。我先是站著聽，接著坐下來聽，然後躺下來迷迷糊糊的聽，最後就睡著了，這也符合層遞的順序。

虎大歪：你又愛吃又愛睡，依照邏輯的原則，肯定變成大胖子。層遞必須具有一貫的秩序，還要盡量合於邏輯的原則。「桂林山水甲天下，陽朔山水甲桂林」就是最好的例子。

狗小圓：這就是層遞？這麼簡單？我隨口就可以講出幾十個。

桂林山水甲天下，陽朔山水甲桂林。

虎大歪：運用層遞修辭必須注意要有三個或以上的事物來作比較。你真的有幾十個例子？你很誇張喔，講來聽聽。

狗小圓：三個？我的第一個例子還超過三個，小時候讀《三字經》，就念過「一而十，十而百，百而千，千而萬」這樣的句子，這可是四個事件來做比較，我好厲害。

虎大歪：《三字經》真是一本好書，真是好例子，還有呢？

狗小圓：媽媽常說「遠親不如近鄰，近鄰不如對門」，對門鄰居最好了，借蔥、借醬油都方便。

虎大歪：這是生活裡的絕佳好例子，小圓說得好，記得有借有還，再借不難。

狗小圓：還有一個層遞修辭好例子，開學前一天我都會拿出來講。「生命誠可貴，愛情價更高，若為自由故，兩者皆可拋。」不上學的日子好自由，開學了得早起，也不能想吃東西就吃，一點都不自由。

虎大歪：早起是好事。我們講過「一日之計在於晨，一年之計在於春，一生之計在於勤」。如果每天都睡到太陽晒屁股，那你就會錯過很多有趣的事。

狗小圓：請你放一百二十個心，不管我睡到多晚，絕不會錯過吃飯，絕對不耽誤玩耍的時間。

虎大歪：你三句不離吃，連上學都被你說的一文不值，這些「例子」都不「勵志」。我來講個有意思的。「閉門畫花，不如走馬看花；走馬看花，不如下馬栽花。」身體力行勝過空口白話。

狗小圓：沒錯！爸爸常說「聽一遍不如看一遍，看一遍不如做一遍」。很多事都要親自動手做，才會確實明白其中的道理，有時候還可以從中看出規律，創造出更多花樣。

虎大歪：沒錯！俗話說得好：「一個巧皮匠，沒有好鞋樣；兩個笨皮匠，彼此有商量；三個臭皮匠，勝過諸葛亮。」

狗小圓：嘿，我知道的是「一個和尚挑水喝，二個和尚抬水喝，三個和尚沒水喝」。

虎大歪：幸好咱們只有兩個人，喝水還不成問題。層遞修辭分成兩種，一種叫「遞升」，一種是「遞降」。所謂「遞升」，就是從最不重要、最小、最簡單的地方開始，慢慢升到最重要、最大、最艱深的地方。例如：「人待我一尺。我待人一丈；人待我一丈，我把人頂在頭上。」

狗小圓：「一哭，二鬧，三上吊」，鬧得愈來愈過分，這也是遞升。

虎大歪：「窮想富，富想官，官想做皇帝，皇帝想上天。」這些例子都是遞升。

狗小圓：「遞降」就剛好相反。「大魚吃小魚，小魚吃蝦米，蝦米吃污泥。」從大魚到小魚，再到爛泥巴，層次愈來愈低。

虎大歪：「頭代油鹽醬醋，二代長衫拖土，三代當田賣鋪。」這句就是講「一代不如一代」的道理，層層遞降，愈來愈差。

狗小圓：隔壁的伯伯上了年紀後，常常嘆息：「四十過，年年差；五十過，月月差；六十過，日日差。」這也是層遞，層層遞降，年紀愈大景況愈差，好悲慘。

虎大歪：寫《幽夢影》的張潮寫過一段層遞經典文句：「少年讀書，如隙中窺月；中年讀書，如庭中望月；老年讀書，如臺上玩月。皆以閱歷之淺深，為所得之淺深耳。」

狗小圓：有聽沒有懂，大歪解釋一下吧！

虎大歪：少年時候讀書，就像從隙縫中窺看明月；中年時候讀書，就像在庭院中觀賞明月；老年時候讀書，就像站在高臺上玩賞明月。這都是從人生經驗的深淺多寡，來決定領悟境界的深淺。

狗小圓：「嬰兒喝奶，飽了就好；幼兒吃飯，邊吃邊玩；小圓吃飯，狼吞虎嚥；大歪吃飯，細嚼慢嚥。」我這四個層次的造句，淺顯易懂，意境深遠。

虎大歪：你這個例子跟層遞無關，跟「胡說八道」大大相關，快快下臺免得丟臉。

虎大歪、狗小圓，下臺一鞠躬！

註 牽拖，臺語。做事愛找藉口，或用言詞矇混敷衍、強詞奪理。或者指做事情喜歡怪東怪西，很愛找藉口的意思。

第十二章

對偶。前言後語，兩兩相對

虎大歪、狗小圓，說學逗唱，上臺一鞠躬！

狗小圓：大歪，好久不見！來來來，坐，請坐，請上座。

虎大歪：咱倆中午才一起吃午餐，怎麼會好久不見？

狗小圓：哎喲！大歪好挑剔，我看了蘇東坡的故事，想測試一下，你知不知道下聯怎麼對。

虎大歪：「坐，請坐，請上座」的下聯就是「茶，敬茶，敬好茶」。怎麼？你興致好，想講講「對偶」修辭嗎？

狗小圓：我說個上聯，你來對下聯，這也有修辭的學問哪？

虎大歪：將語文中字數相等、詞性相同、句法相似的文句，成雙作對的排列在一起的修辭方法，叫做「對偶」修辭。對偶又叫做對仗，俗稱對對子。

狗小圓：我喜歡對對子，很多有趣的故事都跟對對子有關。

虎大歪：「風聲、雨聲、讀書聲，聲聲入耳；家事、國事、天下事，事事關心。」我們有學問的讀書人都喜歡這種對子。

狗小圓：「一二三四五，六七八九。」我們數學好的孩子都講這種數字對。大歪猜猜「一二三四五，六七八九」講的是哪個成語？

虎大歪：上聯缺了一，下聯少了十，湊起來就是「缺一少十」，成語「缺衣少食」。

狗小圓：說得好！你還知道哪些有趣的對子？

虎大歪：話說，明太祖朱元璋在大年初一當天微服出巡，來到鄉間替閹（ㄧㄢ）豬業者寫下一則對偶春聯：「雙手劈開生死路，一刀割斷是非根。」這個對聯寫得真好，把豬閹掉了，再也不能傳宗接代，「生死路」對上「是非根」，講得好貼切。

狗小圓：閹豬？嘖嘖嘖，好血腥。聽聽我的例子。「酒逢知己千杯少，話不投機半句多。」這句諺語既是對子，很有道理，又不血腥。

虎大歪：是，你很棒。從結構上來看，對偶可分為「嚴式對偶」與「寬式對偶」兩種。

狗小圓：哎喲！有的對偶姓嚴，有的對偶姓寬，喂！有「寬」這個姓氏嗎？嗨，你好，我是「寬」尾鳳蝶，姓「寬」，名叫「尾鳳蝶」，哈哈哈！

虎大歪：才剛剛誇你，就開始搞笑，別鬧了。「嚴式對偶」簡稱「嚴對」，要求上下句字數相等，結構相同，詞性一致，平仄相對，而且要避免字同意同的情形。

狗小圓：原來是「嚴格的格式」，不是「姓氏」。

虎大歪：「寬式對偶」簡稱「寬對」，只求結構大體相同，音韻上基本協調就可以。

狗小圓：嚴對標準太高，條件太苛刻，不是我的菜。我覺得，寬對比較符合人性，寬尾鳳蝶也長得漂亮。

虎大歪：還可以從對偶的方式來看，對偶依句型可分為「當句對」、「單句對」、「隔句對」、「長偶對」這四類。

狗小圓：對偶的花招這麼多，說來聽聽。

虎大歪：同一個句子中，上下兩個短語，自為對偶，叫做「當句對」，又叫「句中對」，是最短的對偶。南唐李後主寫的〈虞美人〉：「春花秋月何時了？花落知多少？」「春花」對「秋月」，叫做當句對。

狗小圓：好多成語都是當句對，像是「風平浪靜」、「花好月圓」、「大歪醜小圓帥」……。

虎大歪：「大歪聰明小圓蠢笨」才是正確，別說錯了。再來講講「單句對」，上下兩個句子字數相等、詞性相同、平仄相對，是對偶中最常見的例句。唐朝王之渙的「白日依山盡，黃河入海流」，還有唐朝王勃的「落霞與孤鶩齊飛，秋水共長天一色」，都是很棒的例子。

狗小圓：「人老去西風白髮，蝶愁來明日黃花」是大歪的煩惱，對嗎？白髮一根一根冒出來，你很快就需要染髮了。

虎大歪：我壓根兒不染髮，染髮傷身體。我這幾根白髮是「少年白」。跟狗小圓講話講多了，才把頭髮給氣白了。

狗小圓：又說我壞話。證嚴法師的《靜思語》說：「君子量大，小人氣大。」我大人有大量，不想跟你這個小人生氣。

虎大歪：第三種是「隔句對」。以四個句子為基本：第一句和第三句對，第二句和第四句對。隔句對又叫做「扇對」或是「雙句對」，例如這句諺語：「百人走路，難逢一人帶頭；千人過水，不見一個行先。」像我這樣好的領導者，很難找啊！

落霞與孤鶩齊飛，秋水共長天一色。

狗小圓：沒錯，老是領我講錯話，做錯事……，那個，隔句對聽起來有點難，有故事聽嗎？

虎大歪：清朝的宋湘，號稱「嶺南第一才子」。他初到吉安縣跟文人相聚，吉安縣的文人想試試宋湘的才華，出了一個上聯考他。「北雁南飛，遍地鳳凰難下足」，意思是說我們吉安縣遍地都是鳳凰，你這隻鴨子很難在這裡立足啊！

狗小圓：把客人說成鴨子，聽起來吉安縣文人很臭屁，臭屁的人都會被打臉。

虎大歪：沒錯，宋湘馬上對出一個對子，「東龍西躍，滿江蝦蟹盡低頭」。宋湘以「龍」自比，把吉安縣文人比喻為「蝦蟹」，大家都糗大了。

狗小圓：如果是我，講一句「龍困淺灘遭蝦戲，虎落平陽被犬欺」，立馬讓宋湘變成「送回家鄉」。

虎大歪：「一粥一飯，當思來處不易；半絲半縷，恒念物力維艱。」小圓要謹慎說話。

狗小圓：大歪被我打臉，念起朱柏廬寫的〈治家格言〉來了。

虎大歪：我藉著這個隔句對的例子，請你好好想想，想跟著我吃香喝辣的話……。

狗小圓：大歪帥、大歪讚，大歪好棒棒！大歪說說「長偶對」，小圓拍手叫好又佩服。

虎大歪：「長偶對」是奇句對奇句，偶句對偶句，至少三組，難度很高，不是我虎大歪，可講不出來呢！「來，快來，快點來；吃，小吃，小圓吃。」

狗小圓：沒錯，只要有好吃的，一定要快點找我來！

虎大歪：「凍雨灑窗，東二點，西三點。切瓜分片，上七刀，下八刀。」這個對子也有趣。

狗小圓：昨晚睡覺的時候，蚊子偷襲我，咬了我好幾包，癢死我了，我「抓抓癢癢，癢癢抓抓；不抓不癢，不癢不抓；愈抓愈癢，愈癢愈抓」。

虎大歪：昨晚蚊子也偷襲我，但是我早有防備，電蚊拍在手，劈哩啪啦電死好幾隻蚊子，但是有幾隻蚊子逃走了。我給蚊子念了祭文：「生生死死，死死生生；有生有死，有死有生；先生先死，先死先生。」

狗小圓：大歪，看那邊。

虎大歪：看那邊做什麼？（啪！狗小圓狠狠拍了大歪的手臂）哎呀！你打我，你莫名其妙打我。

狗小圓：我幫你打蚊子，昨晚逃走那幾隻蚊子來復仇啦！你的臉頰和脖子都被咬出大大的腫包。

虎大歪：蚊子咬我，頂多腫一小包。你這麼用力打我，我的手臂起碼瘀青三天。來，狗腿伸過來，吃我一棒。

狗小圓：大歪打人啦！快逃！

虎大歪、狗小圓，下臺一鞠躬！

第十三章

倒。反。

明褒暗貶，明貶暗褒

虎大歪、狗小圓，

說學逗唱，上臺一鞠躬！

狗小圓：「黑豬毛毛尖叫著：『糟了！如果那些紅色聖誕襪被水沖上天空，母老虎阿珍就會查到我身上，到時候我就幸福快樂了。』」

虎大歪：哎喲！狗小圓在看書？你還會念書？真是難得。

狗小圓：大歪你來得真早，比約定的時間整整晚了半個小時。我不看書打發時間，難道要我不等你，回家吃喝玩樂？

虎大歪：好說好說。剛剛搭公車來，沒料到公車居然故障，轉搭公車又搭錯車，什麼幸運的好事都給我碰上了，費了一番功夫才趕來。對了，你剛剛念的那個故事，是「倒反」修辭。

狗小圓：我正覺得黑豬毛毛講的話怪怪的，被凶巴巴的母老虎阿珍逮到竟然會「幸福快樂」？沒想到是「倒反」修辭。這個倒反修辭感覺既麻煩又容易誤解。

虎大歪：不麻煩，很有趣。說話者的口頭意思和心裡想法完全相反，用褒獎、尊敬或稱贊的語詞來表達貶抑的意思，這就是倒反修辭的「反語」用法。

狗小圓：你明明遲到，我為了酸你，說你早到。黑豬毛毛其實怕母老虎阿珍怕得要命，卻說自己會「幸福又快樂」，這就是倒反修辭的反語用法，對吧？我看，這根本就是化簡為繁的修辭。

虎大歪：我們會用倒反修辭，是因為正面說法的力道不夠、趣味不足、深度太淺。於是，用倒反修辭來襯托，讓讀者仔細思索之後得到更多感受，會心一笑。

狗小圓：我剛剛諷刺你「來得真早」，就是高層次倒反修辭，我是不是很幽默呢？給我拍拍手，帶我去遛狗，為我放煙火。

虎大歪：好吧！我遲到在先，隨你愛怎麼酸我，愛怎麼自誇都行。這個倒反修辭有兩種，第一種就是「反語」，詞語的意思不但跟原來意思相反，而且含有嘲弄、譏刺等等含義。

狗小圓：哎喲！責備和嘲諷也用得上修辭呀？這倒是新聞。

虎大歪：沒錯，在文章裡，用反語來責備他人或是嘲諷自己，都會有種「乖謬」的感覺。

狗小圓：老師常常說寫作要「溫柔敦厚」，怎麼倒反修辭反而鼓吹乖謬，鼓勵嘲弄和譏刺呢？

虎大歪：呵呵，別誤會，我來舉個例子，「當我把小圓關在籠子裡……」。

狗小圓：我不喜歡乖謬，不想被嘲弄，也不想被關在籠子裡，要舉例就舉你自己，把你自己關進籠子。

虎大歪：不過是舉例，瞧你緊張的。「關在籠子裡的虎大歪，雖然沒有行動自由，但是吃的、喝的按時送上來，倒是很方便；冬天還有遮風的棉罩，不至於受凍，真的十分優待。」註①這「優待」二字，事實上就是「虐待」，這就是倒反修辭。

狗小圓：你把自己關進籠子，還指控別人虐待，這叫「做賊的喊捉賊」，好不講理。

虎大歪：舉例罷了，別緊張。如果你覺得我舉的例子不好，那麼你來舉個例子，我聽聽。

狗小圓：我那天寫國文考卷，看到一段敘述很有趣，現在才知道是倒反修辭。「我發現各位同學實在太厲害了，裙子可以一物多用：天熱當扇子搧風；流汗當毛巾擦汗；雨天頂在頭上當雨傘；桌子髒了還可以當抹布擦，實在妙用無窮。」

虎大歪：這個例子有意思，這條裙子大概穿一個星期就報廢了。

狗小圓：大歪打羽毛球的技術可真「高明」，左揮右打，使勁一揮，連球拍都飛出去了。怎麼樣？譏諷得很高明，倒反得很有趣吧！

虎大歪：謝謝你的「誇獎」。我也知道你的很多「豐功偉業」，要不要聽聽？

狗小圓：我的豐功偉業可多了，你講我聽，不足的地方我來補充。

虎大歪：上個星期跟你們導師聊天，他說你爬牆，蹺課，上課傳小抄，豐功偉業真不少。

狗小圓：你跟我的導師聊天？你們怎麼認識的？我的老天，他還講了什麼？

虎大歪：呵呵，別急，舉例罷了，我哪認識你們老師啊！瞧你一副緊張模樣，自己招供做了什麼壞事。

狗小圓：算了算了，別講學校的事，咱們換個話題好了。倒反修辭的第二種是什麼？

虎大歪：倒反修辭的第二種是「倒辭」，把正面的意思顛倒過來講，沒有諷刺或嘲笑的意思，通常是因為情深難言，或是嫌忌難說。

狗小圓：情深難言？因為太愛了，所以講反話？明明嫌忌別人卻不敢說？這個太奧妙了，我聽不懂。

虎大歪：很多父母給自己孩子取乳名，叫做阿豬、阿狗、阿肥、臭頭仔、小狗子等等，就是希望不要遭到鬼神妒恨，不讓閻王知道孩子真實姓名，帶走孩子魂魄，讓孩子健康成長。這種情深難言的道理你懂嗎？

狗小圓：當然懂，你叫虎大歪這種卑賤的藝名就是……哎喲！卑賤的虎大歪又作勢打人啦！你就會恐嚇我。

虎大歪：你叫做狗小圓，才是卑賤的藝名啦！

狗小圓：好了，別開玩笑了，咱們言歸正傳。

虎大歪：上次我去你家找你，你不在，我問你啥時回家，你媽媽正在追劇，套用一句很妙的臺詞回答我：「小圓那個孽根禍胎，是家裡的混世魔王，今天愛校服務去了，還沒回來。」

狗小圓：哎呀！那時候我媽媽正在迷《紅樓夢》連續劇，「混世魔王」是王夫人對賈寶玉的暱稱，我媽媽每次都說我是賈寶玉，殊不知我比賈寶玉強多了。

虎大歪：你媽媽說你是「孽根禍胎」、「混世魔王」，話裡帶著濃濃的愛，適足以表現她對兒子的寵愛。是用來讚美、或表示親暱感情的倒辭。

狗小圓：我比較喜歡她追《西遊記》那陣子，每天都說我是孫悟空。你知道的，孫悟空才是我的偶像。

虎大歪：夫妻互稱「冤家」，還說「不是冤家不聚頭」，這也是一種倒辭，親暱的小玩笑。

狗小圓：有一次，我爸爸跟媽媽開玩笑，說了一句暱稱，結果媽媽三天不跟爸爸說話，直到爸爸帶她去吃麻辣火鍋，買她愛吃的「牛利」註② 賠罪，媽媽才稍稍消氣。

虎大歪：哦？哪一句暱稱殺傷力這麼大呀？

狗小圓：爸爸開玩笑說媽媽是「賤內」呀！

虎大歪：啊！你媽媽是「賤內」，他不就是「賤外」？這不

是倒反修辭，你爸爸這是自討苦吃。

狗小圓：沒錯，為了跟媽媽賠罪，爸爸連續洗了一個月的碗盤、衣服和地板。

虎大歪：我之前聽你爸爸稱呼你媽媽「老婆」，現在怎麼稱呼她呢？

狗小圓：現在都叫「小圓的媽」呀！

虎大歪、狗小圓，下臺一鞠躬！

註① 仿梁實秋作品〈鳥〉。

註② 牛利，又稱牛粒、麩奶甲。是一種於臺灣日治時期經由日本傳入的臺灣西式糕點，原型為法式一口酥，在臺灣已有超過六十年以上的歷史。多年後法國甜點馬卡龍傳入臺灣，而兩者因外型相似，使得牛粒被稱為「臺式馬卡龍」。與馬卡龍相比，牛粒的口感較鬆軟，甜度也較低許多，且其製作方式與馬卡龍完全不同：馬卡龍為杏仁蛋白糖霜，牛粒則是全蛋打發的蛋黃小蛋糕，且實際上是由手指餅乾轉變而來。

第十四章

排比。結構相似，最少說三次

虎大歪、狗小圓，說學逗唱，上臺一鞠躬！

虎大歪：哎喲！今天是什麼日子？小圓居然沒看手機，而是看書吃棒棒糖，這可是大新聞。太陽要打西邊出來了嗎？天上要下棒棒糖雨了嗎？北極要變成南極了嗎？磁極反轉，那不就是說世界末日來了嗎？真是難以想像的畫面。

狗小圓：哼！今天的運氣好背，出門竟然忘記帶手機，幸好昨天老師發的棒棒糖還放在背包裡。

虎大歪：哈！你出門怎會忘記帶手機？你的手機不是長在你的手心嗎？

狗小圓：哼！你別用「誇飾」修辭酸我，我可不買單。我出門之後才發現忘了帶皮夾，趕快回家拿。結果，拿了皮夾卻把手機忘在家裡。我沒帶手機，這裡也沒有電視，我只好看書吃棒棒糖。

虎大歪：哈！沒帶手機真的是大災難，不過因此可以多看看書，也算世紀大收穫。

狗小圓：哼！沒帶手機是大災難；沒帶手機是大損失；沒帶手機是倒大楣。因為太悽慘了，所以要連講三次。

虎大歪：哈！小圓說得好，因為太重要了，所以要連著講三次。「排比」修辭就是用結構相似的句法，三次或三次以上的表示「同一個範圍」、「同一個性質」的想法和意見。

狗小圓：我沒帶手機已經夠可憐了，在我家那個沒有即時連線的公車站，也不能顯示下一班公車何時會來，像個傻瓜一樣傻傻枯等，你還跟我廢話什麼「排比」修辭，沒良心。

虎大歪：你自己說要連講三次，才會害我想起排比修辭。因為三次或三次以上講同一件事，而且句法相似，所以可以增強語勢，可以強化感情，可以明確分析情勢，可以層層遞進、明白說理。排比是作文利

器，不討論排比修辭法，太可惜；不學會排比修辭法，作文功力大減。

狗小圓：大歪說排比，自說自誇；小圓聽排比，頻頻點頭；觀眾聽排比，紛紛離開。因為太好笑，所以連講三次，哈哈哈！

虎大歪：我秀一段文章，讓你看看精采的排比，保證你看得目瞪口呆、讚嘆不已，從此愛上排比。

狗小圓：秀來看看。

虎大歪：這是文天祥〈正氣歌〉的一段：「在齊太史簡，在晉董狐筆，在秦張良椎（ㄔㄨㄟˊ），在漢蘇武節。」註① 這是用結構相似的單句，連續的表達同範疇同性質的意思，叫做「單句排比」。

狗小圓：在……在……在……在……，這個文天祥很會寫。

虎大歪：接下來是「為嚴將軍頭，為嵇（ㄐㄧ）侍中血，為張睢（ㄙㄨㄟ）陽齒，為顏常山舌」。註② 這也是單句排比。

狗小圓：為……為……為……為……，頭血齒舌都來了，聽起來有點血腥，這個文天祥不只連講三次，他連講四次呀！文思泉湧，很厲害。

虎大歪：「或為遼東帽，清操厲冰雪；或為出師表，鬼神泣壯烈；或為渡江楫，慷慨吞胡、羯（ㄐㄧㄝˊ）；或為擊賊笏（ㄏㄨˋ），逆豎頭破裂。」註③ 這段也很棒吧！用結構相似的複句，連續表達同範疇同性質的意思，叫做「複句排比」。

狗小圓：或為……或為……或為……或為……，這個文天祥用同樣的句型連寫四次，喂，他到底講了什麼內容啊？

虎大歪：文天祥是南宋民族英雄，用短短一段文章，把十二個歷史人物和事蹟分成三組排比，形式整齊，說理明白。我每次讀，都非常感動。像這樣結構相似的句法連續出現，讀來覺得語氣強烈，情緒激昂，鏗鏘有力，是排比修辭最棒的例句。

狗小圓：可惜，現在不流行文言文，聽過文天祥的人不多，知道排比修辭的人更少。

虎大歪：不讀文言文是你的損失，不用排比修辭寫文章更是可惜。很多現代文章、網路文字，都是不折不扣的排比。

狗小圓：有這回事？說來聽聽。

虎大歪：「春不得避風塵，夏不得避暑熱，秋不得避陰雨，冬不得避寒凍，四時之間，無日休息。」這段排比修辭，形式整齊，說理明白，好棒棒。小圓聽得懂晁錯寫的這段文字嗎？

狗小圓：你當我幼兒園大班啊？這段很簡單，講的是春夏秋冬四季，生活都過得很困難。「晁錯」這個名字聽起來不像現代人？你又想唬我？

虎大歪：聽聽這段。孔子說：「知者不惑，仁者不憂，勇者不懼。」[註④]這也是排比修辭。

狗小圓：孔子說？孔子是現代人嗎？他說的話是現代文章？是網路文字？就會矇我，大歪頭腦壞掉啦？

虎大歪：孔子當然是古代的人，我只是要考考你的文言文功力。「刀不磨會生銹，水不流會發臭，人不學會落後。」不學文言文，你就倒大楣啦！

狗小圓：說來說去都是這個哏，聽聽我的佳句：「牛皮不是吹的，火車不是推的，泰山不是疊的，小圓不是蓋的。」我國語文程度一流，你不用擔心我。

虎大歪：「吃盡天下鹽好，走盡天下錢好，叫盡天下娘好。」最後，才知道大歪最好。

狗小圓：「哪有貓兒不吃腥，哪有狗兒不吃屎，哪有老鼠不偷油。」大歪哪會不往自己臉上貼金？

虎大歪：「一年之計，莫如樹穀；十年之計，莫如樹木；終身之計，莫如樹人。一樹一穫者，穀也；一樹十穫者，木也；一樹百穫者，人也。」[註⑤]

知者不惑，
仁者不憂，
勇者不懼。
正氣

狗小圓：我只聽過「十年樹木、百年樹人」，沒想到還有這一長串。是你瞎掰，還是真有這篇文字？

虎大歪：當然是真有其文啦。再聽聽這段。「飢不擇食，寒不擇衣，慌不擇路，貧不擇妻。」這句話是說，人處於困境的時候，會做出很多怪怪的選擇。

狗小圓：「今年的冬天特別寒冷，學生在操場上降旗時，冷得忘了注意第二顆釦子有沒有扣好；忘了注意抹掉嘴角的巧克力痕跡；忘了把頭髮梳攏整齊；忘了把情書收好。」這段文字怎麼樣？

虎大歪：咦？這段排比從哪裡來的？冗詞贅字好多，得好好改一改。

狗小圓：哈哈！抓到了。這是從你寫的這本書找出來的句子。

虎大歪：哎喲！我自己寫過這麼棒的句子，竟然都忘光光，真的不應該，我認錯。

狗小圓：「有人，真的很關心他們的心情；有人，真的很在乎他們的情緒；有人，真的很希望他們快快樂樂的來上課；有人，真的很在乎，是不是有國旗陪伴他們上課。」這段呢？

虎大歪：嗯！這段排比寫得真好，天才之作，我看得都感動流淚了。

狗小圓：今天風大，我看你是被風吹到眼睛，老淚縱橫。

虎大歪：好你個狗小圓，拿我的故事來大做文章，還酸我老眼昏花、老淚縱橫。

看我打你個小人頭。

狗小圓：我腳底抹油，溜之大吉。

虎大歪、狗小圓，下臺一鞠躬！

註① 【譯文】天地間的正氣，在齊國有捨命記史的太史所寫的簡冊，在晉國有堅持正義的董狐筆法。在秦朝有為民除暴的張良大椎，在漢朝有赤膽忠心的蘇武符節。

註② 【譯文】天地間的正氣，表現為寧死不降的嚴將軍的頭顱，表現為拼死抵抗的嵇侍中的鮮血。表現為張睢陽誓師殺敵而咬碎的牙齒，表現為顏常山仗義罵賊而被割的舌頭。

註③ 【譯文】天地間的正氣，有時表現為避亂遼東喜歡戴白帽的管寧，他那高潔的品格勝過了冰雪。有時表現為寫出《出師表》的諸葛亮，他那死而後已的忠心讓鬼神感泣。有時表現為祖逖渡江北伐時的槳楫，激昂慷慨發誓要吞滅胡羯。有時表現為段秀實痛擊奸人的笏，逆賊的頭顱頓時破裂。

註④ 【譯文】有仁德的人，不會憂慮；有智慧的人，不會迷惑；勇敢的人，不會懼怕。

註⑤ 【譯文】打算花費一年時間就得到收穫，可以種植糧食。打算花費十年時間就有收穫，可以種植樹木。打算花費一輩子時間才得到收穫，就要去培育人才。能夠一年之內有所收穫的，是糧食；能夠十年之內有所收穫的，是樹木；能夠一百年才能有所收穫的，是人才啊！

第十五章 摹寫。五感描寫，身歷其境

虎大歪、狗小圓，說學逗唱，上臺一鞠躬！

狗小圓：「摹寫」是修辭手法的一種，把顏色、形狀、氣味、色澤、聲音等等感受，透過作者的主觀加以形容描述的修辭技巧。用文字細膩的表現視覺、聽覺、嗅覺、味覺、觸覺等五種感受，讓文字帶動想像力，使文章更加立體而生動。

虎大歪：哎喲！小圓的國語好標準，念起文章真是好聽，你有沒有打算參加國語文競賽的朗讀項目呢？

狗小圓：大歪居然會誇獎我？太陽打東南邊出來啦？

虎大歪：我這個人公正大方，看到你的優點，絕對不會視而不見，絕對不會吝於誇獎。小圓今天好難得，居然主動開講「摹寫」修辭，我感動得好想假哭喔。

狗小圓：我才不想主動講修辭。還不是因為校慶的時候我擔任慶祝大會司儀，只得借你的「無聊小抄」來練習。

虎大歪：我的小抄一點都不無聊。摹寫修辭超有趣，「視覺摹寫」包括色彩、景物、動作、空間等，能引起視覺意象的文字描寫。把一件事用五種感覺描寫一遍，既有真實感又有臨場感，精采又活潑。來，你念這段。

狗小圓：「茂密的欒樹把月光古堡團團圍住，有些欒樹葉片像天空的淺藍綠色，有些則像海洋的深藍綠色。東北季風一吹，葉片搖曳晃動，好像魔術師的神奇斗篷，把月光古堡隱藏在天空與海洋裡。」

虎大歪：怎麼樣？這段文字寫得不錯吧！

狗小圓：文字寫得普通，是我抑揚頓挫的朗讀技巧大大加分，把欒樹葉子的顏色講得更加鮮明可愛。

虎大歪：文字不好，你的朗讀技巧再好也沒用。說話寫作的時候，如果可以把看見的人事物仔細描寫，讓細節說話，就是生動的好文章。

狗小圓：我可沒耐心寫字，總想著趕快把作文寫完，交差了事，沒有心情摹寫那麼多細節，浪費我的寶貴時間。

虎大歪：好吧！「聽覺摹寫」就是描繪事物所發出的各種聲音，沒耐心的司儀大人，念念這段。

狗小圓：「澎湖的冬天，強勁的北風鼓起腮幫子呼呼的吹，吹過片片屋瓦，一陣陣窸窸窣窣，夾雜著唏哩嘩啦、咻咻咻的聲音響起，像鴿子正舉辦運動會，像小矮人跳著踢躂舞，更像《西遊記》的妖魔鬼怪在廝殺打架，作法害人。」

虎大歪：這是我老家的故事。偷偷告訴你，我的老家是鬼屋，如果在冬天夜晚，非得獨自一個人走上閣樓拿東西，我都會被屋頂傳來的聲音嚇得魂飛魄散，東西拿了快逃下樓。

狗小圓：原來你小時候住在鬼屋呀，難怪你又怕黑又怕鬼！你把屋頂的聲音描寫得恐怖又嚇人，你想把讀者也嚇跑嗎？

虎大歪：好多人喜歡看鬼故事，愈恐怖愈愛讀，愈駭人愈喜歡。不過我得聲明，我不喜歡看鬼故事。

狗小圓：我看過一些鬼故事，大家都從視覺和聽覺來寫，很少從嗅覺來著手，不知道鬼聞起來是什麼味道？

虎大歪：說起鬼，好恐怖。如果鬼有味道，那是恐怖加三級呀！「嗅覺摹寫」就是描摹、刻畫鼻子所聞到的氣味。你練習這一段，別再說什麼鬼的味道了。

狗小圓：「婆婆推開大門，一股年代久遠的霉味，夾雜著潮溼羽毛的臊味，還有一絲木頭的氣味和金屬製品的寒冷氣息，衝進婆婆的鼻孔。她皺皺鼻子，打了三個好響亮的噴嚏，哈啾！哈啾！哈啾！」

虎大歪：你一念這段，我就回憶起寫這段故事的場景。年輕的時候，我曾走進一家鳥店，店內的氣味讓我連打三個大噴嚏，嚇得籠子裡的鳥兒跳上跳下，老闆馬上揮揮手把我趕出來。

狗小圓：我不喜歡鳥，不喜歡任何有羽毛的動物……。

虎大歪：那是因為你小時候被鵝追著跑，嚇得大哭……。

狗小圓：我哪裡被鵝追著跑過？我天不怕地不怕，兩歲的時候，還曾經徒手從尾巴提起一隻凶惡的貓，嚇壞牠了。

虎大歪：哎呀！對不起，我記錯了，是我的一個朋友小時候被鵝追過，從此怕鵝、怕雞、怕鴨……，怕任何有羽毛的動物。瞧瞧，把生活中的事件，

用視覺、聽覺和嗅覺的摹寫、記錄下來，之後再看到文字敘述，就可以重現精采的往事。

狗小圓：我只想記錄好聞的食物香味，恰好這也是我的美食專長。

虎大歪：「味覺摹寫」就是描繪嘴巴及舌頭品嘗到的、感受到的口感和滋味。念這段，保證你念得口水流滿地。

狗小圓：「只要用靈活的舌頭，讓金黃小蝦米在嘴巴裡翻滾幾下，就可以嘗到濃濃的大海香氣，清脆的高麗菜帶著大地的芳香，爽爽脆脆，好吃極了。」

虎大歪：聽你一念，我就好想來一盤「金黃小蝦米爆炒高麗菜」。

狗小圓：我愛吃「海鹽太妃糖巧克力生乳塔」，一大塊入口，先是嘗到淡淡海鹽味。接著，香甜太妃糖的香氣襲捲了整個口腔，濃醇巧克力讓每個味蕾都嘗到幸福甜蜜的滋味。最後，讓脆脆的塔皮給這個生乳塔來個完美的結束。

虎大歪：下次你買海鹽太妃糖巧克力生乳塔的時候，記得給我也帶幾個，謝啦。

狗小圓：那是我外公做的，你好好誇獎我外公的好手藝，要吃多少海鹽太妃糖巧克力生乳塔，都沒問題。

虎大歪：（上前緊握住狗小圓的手）謝謝，你今天大方得讓我不敢相信……，咦？你的手怎麼這麼粗糙？最近做了什麼粗活嗎？

狗小圓：（馬上抽回手，拿出口袋裡的護手霜來擦）冬天一到，我的手就容易乾燥龜裂。不過，我的雙手觸覺很靈敏。

虎大歪：摹寫還有一種就是「觸覺摹寫」，把身體皮膚所接觸事物的軟、硬、輕、重等等觸覺描寫出來。來，念念這段。

狗小圓：「蘋果妹難過哭泣，看到身邊景物漸漸朦朧，又聞到春天樹葉清香的味道，伸出手在地上摸索，摸到一片樹葉。她拿起樹葉，樹葉厚厚的，有一面很光滑，另外一面可以摸到凸凸的葉脈。光滑的那一面，有好幾個凸起的小點。蘋果妹用指甲輕輕的摳那些小點，摳著摳著，淚水漸漸乾了，煙霧也漸漸散開。她看清楚手中拿著的，是青綠色的榕樹葉片。」

虎大歪：小圓怎麼邊念邊摸自己的臉呢？

狗小圓：最近留校自習，班導訂的便當都好油膩，害我們跟他愈來愈像，真討厭。

虎大歪：吃個油膩便當怎麼會跟老師長相相近？你也太誇張了。

狗小圓：因為我們班同學都開始長青春痘啦！班導滿臉青春痘，他自己說的，摸起來像月球表面。

虎大歪：所以，你也在摸你臉上的月球表面囉！

狗小圓：哼！青春年華才會冒青春痘，上了年紀只會長黑斑。

虎大歪、狗小圓，下臺一鞠躬！

第十六章

雙關。

一語雙關，諧音借義

虎大歪、狗小圓，說學逗唱，上臺一鞠躬！

狗小圓：大歪你看，這是舅舅跟我一起合作的「腳踏車環島月曆」。

虎大歪：你說是腳踏車環島月曆，怎麼沒看到腳踏車也沒看到風景，只看到牛肉麵或是牛排？

狗小圓：我們的腳踏車環島計畫，是到知名的牛肉麵店或是牛排店朝聖，來個「牛轉乾坤美食之旅」。

虎大歪：你之所以會是吃貨[註]，都得歸功於舅舅帶你到處吃喝玩樂，對吧？

狗小圓：我不是吃貨，是美食家。

虎大歪：你那個「牛轉乾坤」其實就是「扭轉乾坤」的「諧音雙關」修辭。就像我常常到「麵麵俱到」吃牛肉麵，那個「麵麵俱到」就是用「面面俱到」的諧音雙關。

狗小圓：我們國文課本教過雙關修辭，這算是我少數喜歡的修辭科目之一。大歪炒麵「炒」翻天，小圓拌麵自己看著「辦」，美濃小旅行「美」味十足，勿失良「雞」炸雞攤，「炸」遍集團鹽酥雞……，這些都是有趣的諧音雙關。

虎大歪：跟你講諧音相關，就得提「金針菇姑姑」的事，對吧。

狗小圓：沒錯，淑貞姑姑因為名字有個「貞」字，給自己取綽號金針菇。她最喜歡用諧音跟我玩文字遊戲，小時候不懂事，被她耍得一愣一愣的。就算是現在，一看到金針菇姑姑，也還是得闖過幾個諧音雙關的關卡，太刺激了。

虎大歪：諧音雙關最常用在廣告上，用諧音的趣味吸引大家的注意力，進而注意到廣告的產品。像是手機廣告用掌握「良機」，創造「奇機」，就是很好的例子。

狗小圓：專賣甕仔雞的餐廳取名為「霸王別『雞』」，也很妙。

虎大歪：「諧音雙關」說的是一個字詞除了本身所含的意義，還有另一個同音或音相近的字詞的意義。劉禹錫的〈竹枝詞〉寫著：「楊柳青青江水平，聞郎江上踏歌聲。東邊日出西邊雨，道是無晴卻有晴。」這是最好的例子。

狗小圓：老師上課說過這篇，看到西邊下雨，以為心儀的對象對自己沒有感情。接著，看到東邊出太陽，又覺得其實還是有情分在。用「晴」和「情」諧音雙關，真是貓咪撒嬌，妙妙妙（喵喵喵）。

虎大歪：明末清初的文學評論家金聖嘆，因為抗議主考官貪財，就把孔子像搬到財神廟去，被判死刑。在斬首之前，家人都到刑場來送別。金聖嘆的遺言是：「蓮子心中苦，梨兒腹內酸。」家人一聽，難過得嚎啕大哭，圍觀的人也都潸然淚下。

狗小圓：古人好殘忍，犯人被砍頭，還讓家人圍觀。

虎大歪：「蓮子」的芯是苦的，「梨」的芯是酸的。「蓮」和「憐」同音，「梨」和「離」同音。金聖嘆「憐」惜孩子，心中「苦」惱；被砍頭之後要永遠「離」開孩子，滿腹辛「酸」。哭哭！

東邊日出西邊雨，
道是無晴卻有晴。
福

狗小圓：大歪別難過，來點輕鬆的。「禿子打傘」，接下一句。

虎大歪：無髮無天哪！禿子沒有頭髮，傘又把天遮住，這是用「髮」和「法」諧音創造的歇後語。

狗小圓：我最愛歇後語了。「公共廁所裡丟石頭」，接下一句。

虎大歪：公共廁所裡丟石頭，石頭掉進糞坑，激起「公糞」，就是「激起公憤」的諧音。你別安慰我了，我只是有點感慨。

狗小圓：好吃的瓜子有三種，雙關修辭有幾種啊？

虎大歪：瓜子又上場啦！雙關修辭有三種，第一種是剛剛說過的「諧音雙關」，第二種是「詞義雙關」，一個詞語在句子當中，含有兩種意思。「自從別歡後，嘆聲不絕響。黃蘗(ㄅㄛˋ)向春生，苦心隨之長。」自從和喜歡的人分別之後，終日歎惜，整日相思。我的心就像春天蓬勃生長的黃蘗樹，愈來愈苦。黃蘗是藥用植物，種子味道很苦。詩中的「苦」雙關「味道苦」和「心情苦」，就是詞義雙關。

狗小圓：又是離又是苦的，大歪最近心情不好嗎？

虎大歪：我貪便宜，買了一堆苦瓜，都吃成苦瓜臉了。

狗小圓：我們來說說你的偶像——子敏先生的文章：「人人耳朵裡響著震耳欲聾的『空洞！空洞！』的機器聲。」這裡的「空洞！空洞！」，既形容機器轉動的聲音，也說明人的精神生活很空洞。

虎大歪：杜甫寫的〈古柏行〉寫道：「孔明廟前有老柏，柯如青銅根如石。……志士幽人莫怨嗟，古來材大難為用。」這裡的「材大」既是指「古柏」長得很高大，又兼指「才能大的人」，這都是詞義雙關的出名例句。

狗小圓：除了諧音和詞義，第三種雙關是什麼呢？

虎大歪：第三種是「句義雙關」，一句話或一段文字，雙關到兩件事物或兩層意思，是詞義雙關的進階版。李商隱有一首很出名的〈登樂遊原〉：「向晚意不適，驅車登古原。夕陽無限好，只是近黃昏。」這首詩可說是最佳例句。

狗小圓：這首詩講黃昏景色，還有哪種意思雙關呢？

虎大歪：李商隱的仕途不順，藉著這首詩，抒發生活中種種低落與不如意的感受啊！「近黃昏」也有年紀老大的「遲暮」感慨。

狗小圓：你們老人家看到黃昏，才會有年紀老大遲暮感慨，我們小孩子只會讚嘆美麗的夕陽，明天又是新的開始。

虎大歪：我也是唇紅齒白的年輕人好不好，只是書讀得多，感慨比較深，哪像你……。

狗小圓：不討論這個話題了。「鳳凰臺上鳳凰遊，鳳去臺空江自流。吳宮芳草埋幽徑，晉代衣冠成古邱。三山半落青天外，二水中分白鷺洲。總為浮雲能蔽日，長安不見使人愁。」李白這首〈登金陵鳳凰臺〉，也是句義雙關的好例子。

虎大歪：你怎麼知道我還想講這首？

狗小圓：你做的小抄剛剛掉出來啦！給。

虎大歪：李白這首詩的重點在「總為浮雲能蔽日，長安不見使人愁」這兩句。表面上，李白抱怨天上浮雲遮蔽太陽和視線，讓李白看不見日夜思念的長安。實際上，他是用太陽比喻皇帝，用浮雲暗喻皇帝身邊的小人，皇帝被無恥小人的饞言迷惑了，就把李白逐出長安。這就是句義雙關的好例子。

狗小圓：小人無所不在，李白這首詩寫盡天下人的心聲。這也是驚蟄節氣大家都很有感的原因。

虎大歪：哦！你倒是說說看。

狗小圓：驚蟄規定可以名正言順打小人哪！

虎大歪：沒錯沒錯！聽你講起驚蟄打小人，我也想起一首民俗念謠。「一的炒米香，二的炒韭菜，三的強強滾，四的炒米粉。五的五將軍，六的六子孫，七的蚵仔麵線，八的講伊要分一半，九的九嬸婆，十的撞大鑼。」

狗小圓：嘿！「打你千，打你萬，打你一千零五萬。」

虎大歪、狗小圓，下臺一鞠躬！

註

吃貨：多指喜歡吃各類美食的人，有品味的美食愛好者。「貨」字在傳統使用中本來就有替代人的稱呼作用。一般都用在對人的貶稱，如蠢貨、什麼貨色。不過，在美食主義高張的現代社會，吃貨就是指美食家或者美食主義者。小圓不清楚其中的差別，才會說他不是吃貨，而是美食家。

說學逗唱認識修辭

第十七章

映襯。正反相襯，凸顯主題

虎大歪、狗小圓，說學逗唱，上臺一鞠躬！

虎大歪：大家好，我是虎大歪。生肖屬虎，見多識廣膽子好大，什麼都能講，就是不想講我的年紀、體重和歪理；什麼都懂，就是搞不懂笨蛋在想些什麼。（指指狗小圓）

狗小圓：大家好，我是狗小圓。生肖屬狗，心直口快年紀小，任何美食都愛吃，就是不吃虧和不吃苦；什麼都會，就是不會不懂還裝懂。（指指虎大歪）

虎大歪：大家把學問淵博、帥氣爆表的我，和你這個貪吃鬼湊一對，肯定是為了互補，希望能提升你的常識和素養。

狗小圓：沒錯！我處事圓融人緣好，剛好和脾氣火爆惹人嫌的你互補湊一對，肯定可以加強你的人氣與聲量。咦？這段對話好熟，似曾相識的感覺，在哪本書裡看過？

虎大歪：講了這麼多你才想起來？沒錯，我們用這段熟悉的對話來講「映襯」修辭。

狗小圓：你老說我「狗改不了吃屎」。你呀，是「紙老虎加笑面虎」。

虎大歪：隨你怎麼講我都好，我不在乎，你也沒轍。

狗小圓：沒錯，只要你不尷尬，尷尬的就會是別人。

虎大歪：嘿！你居然也知道這句網路流行語。

狗小圓：沒辦法，大家都在講，學不會就退流行啦！

虎大歪：只要我不在乎，在乎的就是別人。有時候還是要堅守原則，不要被流行趨勢影響。在語文中，把兩種相反的觀念或事物，對列在一起，兩相比較，從而使語氣增強，意義明顯的修辭方法，就叫作「映襯」。

狗小圓：「肝若好，人生是彩色的；肝若壞，人生是黑白的。」這是映襯修辭。

虎大歪：哎喲！這個絕佳的例子讓你搶著說走啦！「好」跟「壞」比較，「彩色」跟「黑白」比較，一個句子兩個映襯，讚。

狗小圓：開玩笑，我就說我是修辭天才，修辭早就住在我的腦袋裡，不用學習就會了。再說，我只是比較低調內斂，不像大歪這麼高調愛現。「低調內斂」映襯「高調愛現」，也是很棒的映襯修辭範例。

虎大歪：話都是你在說的，牛也都是你在吹的。考考你，映襯修辭有幾種？

狗小圓：哈哈！虎大歪連映襯修辭有幾種都得問我，我就大方告訴你吧！我喜歡的烤雞有三種：義式香料烤雞、三星蔥烤雞和夏威夷脆皮烤雞。所以，映襯修辭也只有三種。

虎大歪：好吧，你矇對了，算你走狗運。

狗小圓：這就是我喜愛美食的原因，好吃就是好吃，美食絕對不會欺騙人。

虎大歪：映襯修辭有三種，第一種就是「反襯」，對於一種事物，用剛好與這種事物的現象或本質相反的詞語來強調襯托。徐志摩在〈我所知道的康橋〉這篇文章寫到「敗草裡的鮮花」，就是最簡單的例子。

狗小圓：我拿手的反襯例句，是大詩人鄭愁予寫的詩：「我達達的馬蹄是美麗的錯誤，我不是歸人，是個過客。」你聽聽，「美麗的錯誤」，多麼棒的反襯例句呀！

虎大歪：小圓也讀現代詩？差點跌破我的眼鏡，佩服佩服。映襯修辭的第二種是「對襯」。對於兩種不同的人、事、物，用兩種不同或相反的觀點，加以形容描寫。陳之藩在〈謝天〉講到……。

狗小圓：我來說我來說，我們課本裡有這段。「創業的人都會自然而然的想到上天，而敗家的人卻無時不想到自己。」兩種人，兩種觀點，這是映襯修辭的「對襯」。國文老師每次都拿這個當例子酸我們。

虎大歪：國文老師會拿這段文字講話酸你們？說來聽聽看。

狗小圓：老師常常說：「用功的學生每天都自動自發念書，偷懶的學生每天都自然而然打混。」

虎大歪：嗯，兩種學生，兩種不同的敘述，是不錯的對襯例句。你們老師太了解你們的德行，他是修辭專家，說得太好了，讚。

狗小圓：國文老師也常用諸葛亮寫的〈出師表〉句子酸我們。

虎大歪：你們國文老師用文言文酸你們？

狗小圓：國文老師這樣說：「親賢臣，遠小人，此先漢所以興隆也；親小人，遠賢臣，此後漢所以傾頹也。」

虎大歪：哎喲！這樣的文言文句子，你們國中生聽得懂？國文老師還可以拿來酸你們？

狗小圓：我們有讀書，是知識分子，當然聽得懂。更何況，這句哪叫文言文，很簡單好不好。國文老師這樣酸我們，聽好了，很精采的。「親書本，遠3C，此好讀書者之所以成績好也；親3C，遠書本，此好3C者之所以成績差也。」

虎大歪：說得有理。不過，你們老師凡事把成績當成評判的唯一標準，不是好事。

狗小圓：那也沒辦法。如果用玩電腦遊戲的功力當成錄取高中的標準，國文老師的標準會立刻反過來。「親3C，遠書本，此好3C者之所以成績好也；親書本，遠3C，此好讀書者之所以成績差也。」

親賢臣，遠小人，
此先漢所以
興隆也。

虎大歪：喂！就你會胡說八道。映襯修辭第三種是「雙襯」，針對同一個人或同一件事物，從兩種不同的觀點、角度來形容、來描述，因為著眼點不同，結果適成其反，形成強烈的對比。

狗小圓：我……，大歪又把話題「歪」到修辭啦。

虎大歪：羅家倫在〈運動家的風度〉寫過：「有運動家風度的人，寧可有光明的失敗，決不要不榮譽的成功。」這就是雙襯，針對同一個人從兩種不同的觀點、角度來形容。

狗小圓：羅家倫？你是說長相普通，寫一百多封情書追求北京大學校花那個羅家倫？國文老師提到羅家倫的時候非常興奮，講了很多八卦。

虎大歪：你們國文老師不但講話酸你們，上課還講八卦？怎麼這麼犯規？要好好檢討喔。下次我也去旁聽，我最愛聽八卦。

狗小圓：我們國文老師是個上課最愛講八卦的大嘴巴，下課最愛阻止我們在走廊奔跑的糾察隊。

虎大歪：看來你想瞎掰一句雙襯例句？掰得不好，我們還是用一個絕佳的例子來個完美的結尾吧。

狗小圓：雙襯的完美例句？哪一句？說來聽聽。

虎大歪：鳥的身軀都是玲瓏飽滿的，細瘦而不乾癟，豐腴而不臃腫，真是減一分則太瘦、增一分則太肥那樣的穠纖合度。

狗小圓：這是梁實秋在〈鳥〉這篇課文裡寫到的句子嘛！我們國文老師……。

虎大歪：你們國文老師也能用這段話來酸你們？他的功力也太強了吧！

狗小圓：不是啦，我們國文老師說他的身材就是這樣的好……。

虎大歪：嘿！原來你們國文老師才是瞎掰天王啊！

虎大歪、狗小圓，下臺一鞠躬！

第十八章 仿擬。

模仿擬寫，幽默詼諧

虎大歪、狗小圓，說學逗唱，上臺一鞠躬！

虎大歪：小圓最近國文課上了什麼有趣內容啊？說來聽聽。

狗小圓：最近上笑話課，太有趣了。

虎大歪：國文課怎麼上起笑話來了？學費白繳啦。

狗小圓：不會啊！最近國文課上的是劉禹錫的〈陋室銘〉，我國文程度好，又有笑話加持，〈陋室銘〉背得滾瓜爛熟。

虎大歪：哎喲！這可稀奇了，笑話可以加持你背誦文言文的功力？背來聽聽。

狗小圓：「山不在高，有仙則名；水不在深，有龍則靈。斯是陋室，惟吾德馨。苔痕上階綠，草色入簾青。談笑有鴻儒，往來無白丁。可以調素琴，閱

金經。無絲竹之亂耳，無案牘之勞形。南陽諸葛廬，西蜀子雲亭。孔子云：『何陋之有？』」[註①]

虎大歪：小圓背得好、背得妙，背得呱呱叫。這麼好的一篇文章，怎麼跟笑話扯上關係啦？

狗小圓：來，我的笑話小抄還帶著，念個〈小店銘〉給你聽。「店不在大，業精則名；本不在多，得益則靈。斯是小店，惟吾經營。」

虎大歪：這是小店的主人改編〈陋室銘〉來宣傳自己的店鋪，有創意。不過，這是做什麼生意的店家呢？

狗小圓：別急，聽我慢慢說就明白。「進門雖垢面，出門便年輕。往來四海客，來者一樣親。可以電化燙，款式新。無醜怪之亂耳，理優美之髮型。」

虎大歪：嘿！我聽出來了，這個小店鋪是理髮院！有意思。

狗小圓：「明朝朱柏廬，澎湖觀音亭。小圓云：『何小之有？』」

虎大歪：小小理髮店，跟明朝寫〈治家格言〉的朱柏廬有啥關係？又怎麼扯上澎湖觀音亭的？小圓是不是自己改編了〈小店銘〉呀？

狗小圓：當然呀！總得有點創意才好，不要一味當學舌鳥，人家怎麼編我就怎麼念，不優不優。

進門雖垢面，
出門便年輕。

虎大歪：哈哈，我知道你想套用「廬」和「亭」這兩個字，通過。還學了什麼有趣的，講來讓我開心。

狗小圓：大歪自己上網查查，好多人仿作，都寫得入情入理又搞笑。有〈學生銘〉、〈胖子銘〉、〈放屁銘〉、〈黑店銘〉……。

虎大歪：像這種模仿眾所皆知的〈陋室銘〉格式，創造新的內容，就叫做「仿擬」修辭。

狗小圓：哇！這個也能扯到修辭？大歪，您真是個人才。

虎大歪：我不但是個超級聰明優秀的人才，還是個對仿擬修辭頗有研究的好人才。仿擬修辭是用家喻戶曉的詞、成語、諺語、詩詞等當做「本體」，用不同的語義當做「仿體」，將二者巧妙的結合起來，造成喜劇效果。

狗小圓：不過是模仿，還有這些個大道理？

虎大歪：我喜歡的咖啡有五種：美式、義式濃縮、卡布奇諾、皇家和愛爾蘭咖啡。仿擬修辭很簡潔，只有兩種。第一種是「詞句仿擬」，即根據已有的詞或仿照前人的句式，造出新語詞、

新句子，來表達新的內容。

狗小圓：舉個例子來聽聽。

虎大歪：過分沉迷於讀書的人叫「書獃子」，過於沉迷於網上瀏覽的人豈非叫「網獃子」？這個例子頗有趣味吧！

狗小圓：我常常說你是「書獃子」，你不甘心，拐個彎罵我「網獃子」，報復心真重。

虎大歪：舉個例子罷了，你別自己對號入座才好。《紅樓夢》前面講過一段話：「滿紙荒唐言，一把辛酸淚。都云作者痴，誰解其中味？」這段話也被網路上的網民拿來編成笑話，消遣買彩券成癡的人，要不要聽聽？

狗小圓：好啊！只要不是說話酸我就好。

虎大歪：「滿紙廢號碼，一把辛酸淚。都云彩民痴，誰解其中味？」把「荒唐言」換成「廢號碼」，「作者」換成「彩民」，換得太恰當、太貼切，在彩券上貢獻了大把金錢，卻都沒發財的民眾，應該很嘔。

狗小圓：是啊！爺爺常告訴我，腳踏實地做人做事，才是正途，買彩券還是抱持著支持公益的心態，才不會有失落感。

虎大歪：隨心所「欲」，衛浴業者拿來寫做隨心所「浴」也是仿擬。

狗小圓：「機」不可失，炸雞攤主拿來寫做「雞」不可失，也很經典。網路上隨便一查，用仿擬手法做廣告的資料跑出來一大堆，太方便了。

虎大歪：沒錯，網獃子，在網路上好好逛逛。但是切記，不要輕信網路的言論。

狗小圓：我又不是傻瓜，當然知道「盡信書不如無書」、「盡信網路不如無網路」的道理。

虎大歪：「盡信網路不如無網路」，小圓也會寫仿擬造句，太厲害啦！

狗小圓：我不但是字音字形比賽高手，還是作文比賽常勝軍，區區一句仿擬造句……。

虎大歪：來說點正經的。第二種是「文體仿擬」。摹擬古詩詞、天氣預報、公文文體等來製造幽默的簡訊，傳遞滑稽的內容。來，這是李清照的〈如夢令〉，你口條好，給大家念念，我再講現代人仿擬古詩詞的版本。

狗小圓：我口條好是大家公認的事實，感謝您誇獎。來，我給大家念念。「昨夜雨疏風驟，濃睡不消殘酒。試問卷簾人，卻道海棠依舊。知否，知否？應是綠肥紅瘦。」註②喝酒對身體不好，大家可免則免。

虎大歪：沒錯，「沒事不喝酒，不喝酒沒事」。哇！我無意中又講了仿擬修辭，我好神。

狗小圓：你除了酸我，就是誇自己，紙老虎別太狂妄。你這是仿擬「沒事多喝水，多喝水沒事」。我也來一句「沒事多睡覺，多睡覺沒事」，我才是厲害。

虎大歪：「人不痴狂枉少年。」我說「虎不狂妄枉為虎」，哈哈！

狗小圓：你不是說要仿擬李清照的〈如夢令〉嗎？

虎大歪：聽好，網路上有人這樣寫：「平日無計可消愁，發發簡訊解憂愁。偶爾美眉來挑逗，樂透，樂透，樂透。」

狗小圓：網路上陷阱好多，這個美女，可能是個「霉」女，要小心。

虎大歪：別打岔，聽我繼續念。「信息來往永無休，聊到最後，原是遠方老嫗，作嘔，作嘔，作嘔。」

狗小圓：嘿！雖然不是「霉」女，卻是個老太太，相差太遠啦！以為在網路上跟美女聊天，沒想到是跟老太太聊是非，這個好笑，哈哈哈！

虎大歪：虛擬的網路世界，處處是陷阱，還是小心為妙。你喜歡的邵雍那首「一去二三里，煙村四五家。亭臺六七座，八九十枝花」，網路上也有人拿來仿擬車子老是拋錨的窘境。

狗小圓：我知道！「一去二三里，拋錨四五回。修理六七次，八九十人推。」太好笑了，可憐的老爺車。

虎大歪、狗小圓，下臺一鞠躬！

註①【譯文】山不在於高，有神仙住就會出名。水不在於深，有了龍就顯得有了靈氣。這是簡陋的房子，只要我（住屋的人）品德好（就感覺不到簡陋了）。苔痕碧綠，長到臺階上；草色青蔥，映入簾中。到這裡談笑的都是知識淵博的大學者，交往的沒有知識淺薄的人，可以彈奏不加裝飾的古琴，閱讀佛經。沒有奏樂的聲音擾亂雙耳，沒有官府的公文使身體勞累。南陽有諸葛亮的草廬，西蜀有揚子雲的亭子。孔子說：「怎麼會簡陋呢？」

註②【譯文】昨天夜晚雨點雖然稀疏，但是強風卻吹個不停，我酣睡一夜，醒來之後依然覺得酒意沒有消盡。於是就問正在捲起簾子的侍女，外面的情況如何。她只對我說：「海棠花還是老樣子。」知道嗎？知道嗎？應是綠葉繁茂，紅花凋零。

第十九章 轉品。

轉換詞性，一詞多用

虎大歪、狗小圓，說學逗唱，上臺一鞠躬！

狗小圓：大歪你看，爸爸的圍巾被我拿來當成斗篷，我也有隱形斗篷。

虎大歪：這是你爸爸心愛的柴犬圖案圍巾，你竟敢拿來玩，皮在癢。

狗小圓：你看，這條賤狗圖案的領帶拿來當頭巾剛剛好。

虎大歪：把圍巾當斗篷，把領帶當頭巾，你這個皮蛋！就愛扭曲這些東西的原來用途。

狗小圓：隔壁班女生才是犀利，裙子可以一物多用，天熱當扇子搧風；流汗當毛巾擦汗；雨天頂在頭上當雨傘；桌子髒了還可以當抹布擦，實在妙用無窮。一條裙子，百種用途，創意滿點。

虎大歪：看來你很喜歡玩這個變換物品作用的遊戲，我們可以順便來講「轉品」修辭。

狗小圓：「轉品」修辭？我覺得「沒品」修辭比較好玩。

虎大歪：不同的詞類有不同的語言特性和用法，在語文表達中，故意把某一種詞類轉化作另一種詞類來使用，這種修辭技巧叫作轉品，也稱為轉類。

狗小圓：我就說修辭已經內建在我的腦袋了，不用學就會修辭。

虎大歪：傻瓜拿到「哎鳳」最新款手機也不會用，就算整本修辭書都裝在你的腦袋，沒有我解說，你啥也不懂。

狗小圓：就你最厲害，我真想聽聽看「沒品」變成「轉品」修辭，到底有啥講究。

虎大歪：我最喜歡的轉品例句，就是《孟子・梁惠王》篇提到的「『老』吾『老』以及人之『老』，『幼』吾『幼』以及人之『幼』」。

狗小圓：老我的老和別人的老？幼我的幼和別人的幼？《孟子》不是經典文學作品嗎？怎麼會有這種不通順的句子？文學程度比我還差。

虎大歪：這句話應該這樣解釋，「愛我們家的老年人，也要愛別人家的老年人；愛自己家的小孩子，也要愛別人家的小孩子」。第一個「老」和第一個

「幼」都是動詞，意思是「愛年老的人」和「愛年幼的人」。

狗小圓：我了解了，愛自家的爺爺、奶奶，也要愛別人家的爺爺、奶奶。如果大歪有小孩，會好好的愛護他、照顧他、疼他嗎？

虎大歪：放心，我會好好的讓你「疼」。

狗小圓：每次都打我，還說什麼「幼吾幼以及人之幼」。

虎大歪：那是你太會搞怪，我才作勢打你。你爸爸回來看到領帶和圍巾被你弄髒、弄皺，你這個皮蛋就會完蛋。

狗小圓：領帶和圍巾的事就別再說了，講講轉品好了。

虎大歪：「品」指的是文法上所說的詞的品類。比如，大歪是「名詞」，打是「動詞」，頑皮的是「形容詞」，小圓是「名詞」。

狗小圓：「小圓氣壞老古板的大歪。」這句話的幾個詞，品類分別是什麼呢？

虎大歪：別鬧了，讓我們言歸正傳。「今天的天空很希臘」這句余光中的詩當中，希臘是國家名稱，是名詞。說天空很希臘，把希臘這個「名詞」當成「形容詞」來用，這就是轉品。

狗小圓：大歪穿「草莓紅」襪子，草莓是「名詞」，拿來「修飾」後面的「形容詞」——紅，就變成「副詞」，這也是轉品。

虎大歪：劉鶚在《老殘遊記》寫過「紅的火紅，白的雪白，青的靛青，綠的碧綠」。其中，「火、雪、靛、碧」這四個字，都是「名詞」，也都轉品當作「副詞」來用。

狗小圓：「番茄紅了，醫生的臉就綠了。」這句話裡的紅和綠，也都是「形容詞」變成「副詞」。

虎大歪：沒錯！聽聽宋代蔣捷寫的〈一剪梅・舟過吳江〉：「一片春愁待酒澆。江上舟搖，樓上簾招。秋娘渡與泰娘橋，風又飄飄，雨又蕭蕭。何日歸家洗客袍？銀字笙調，心字香燒。流光容易把人拋，紅了櫻桃，綠了芭蕉。」[註①]

狗小圓：哇！「紅了櫻桃，綠了芭蕉」，跟我舉的範例好像。我的國文老師說，很多成語都是轉品最棒的例子，例如「龍騰虎躍」，像龍那樣騰飛，像虎一般跳躍。這裡的龍和虎都是「名詞」轉品當作「副詞」。飛和躍都是「動詞」，修飾動詞的就是「副詞」。

虎大歪：沒錯，小圓說得好。「蠶食鯨吞」，像蠶一樣吃，像鯨魚一樣吞。這裡的蠶和鯨也都是「名詞」轉品當作「副詞」。

狗小圓：「狼吞虎嚥」，像狼一樣吞，像老虎一般嚥。還有「風起雲湧」、「鳶飛魚躍」，都是「名詞」當「副詞」來用。我想，這些發明成語的專家都跟我一樣，喜歡拿爸爸的衣物用品來玩，玩出了美妙的成語樂趣。

虎大歪：語言不是誰發明的，而是長久以來大家約定俗成的集體發明。明朝有個人跟你一樣頑皮有創意，寫了一首詠白髮的詩：「白髮新添數百，幾拔盡白還生；不如不拔由它白，哪得功夫與白爭？」

狗小圓：嘿！大歪說我有創意！你的個性今天也轉品了嗎？

虎大歪：少囉嗦。誇你一句，你就飛上天啦！白是「形容詞」，考考你，詩中四個「白」字的詞性都不盡相同，你知道分別是什麼意思嗎？

狗小圓：當然知道，新長了幾百根白頭髮，大歪嚇壞了。熬夜拔光這幾百根白頭髮，隔天又全都長回來。哎喲！還不如不拔，免得變成禿頭，任它整頭變白髮，大歪沒有那個閒功夫，跟白頭髮生長的速度爭高下。

虎大歪：好你個狗小圓，文章做到我頭上來了，罰你說出這幾個「白」分別是什麼詞性。

狗小圓：「白髮」的白，形容詞；「白還生」的白，形容詞轉名詞；「由它白」的白，形容詞轉動詞；「與白爭」的白，形容詞轉名詞。

虎大歪：真聰明，來，手機沒收。在網路現查現賣，算什麼英雄好漢。

狗小圓：我知道用手機在哪裡查資料，這個就很厲害。上次講映襯修辭時，我舉過一個高級範例，也可以拿來講轉品。

虎大歪：哦？你弄清楚「飯粒」和「範例」啦？

狗小圓：我們老師不是常用諸葛亮寫的《出師表》句子酸我們嗎？「親賢臣，遠小人，此先漢所以興隆也；親小人，遠賢臣，此後漢所以傾頹也。」你還記得，他怎麼說我們嗎？

虎大歪：你的老師酸你們「親書本，遠3C，此好讀書者之所以成績好也；親3C，遠書本，此好3C者之所以成績差也。」這也是我的看法，很容易記得。

狗小圓：「親」戚、雙「親」的親，是名詞。「親」小人，親近小人的意思，轉成動詞了；距離很遠的「遠」，是形容詞，「遠」賢臣，遠離賢臣，也轉成動詞了。

虎大歪：嗯！很好，孺子可教也。

狗小圓：既然我有好表現，可以玩玩爸爸的圍巾和領帶了嗎？

虎大歪：你好好玩，我先走一步，免得你爸爸凶你，我掃到「颱風尾」註②。

虎大歪、狗小圓，下臺一鞠躬！

註①【譯文】船在吳江上飄盪，我滿懷羈旅的春愁，看到岸上酒簾子在飄搖，招攬客人，便產生了借酒消愁的願望。船隻經過令文人騷客遐想不盡的勝景秋娘渡和泰娘橋，我也沒有好心情欣賞，眼前是「風又飄飄，雨又瀟瀟」，實在令人煩惱。哪一天能回家清洗客袍，結束客遊勞頓的生活呢？哪一天能和家人團聚在一起，調弄鑲有銀字的笙，點燃熏爐裡心字形的盤香？春光容易流逝，使人追趕不上，櫻桃才紅熟，芭蕉又綠了，春天匆匆過去，夏天已然來到。

註②掃到颱風尾，臺語。就臺灣來說，「颱風尾」就是颱風離開後引進的西南氣流。通常西南氣流所帶來的威力強大，可以跟颱風抗衡。掃到颱風尾的意思是無端被波及、發生災難之意。也可以形容人無緣無故被捲入事端，非常倒楣。

第二十章

借代。

借用取代，以此代彼

虎大歪、狗小圓，
說學逗唱，上臺一鞠躬！

虎大歪：肚子好餓，小圓，你不是說要帶你做的「圓寶春吐司」給我吃嗎？

狗小圓：來，給。

虎大歪：咦？怎麼是個空殼吐司，裡面都被挖空，這是整人吐司嗎？

狗小圓：哈哈！我爸吃軟不吃硬，他挖裡面軟嫩的部分吃，我吃乾硬外皮。我想你的虎牙銳利，不在乎硬硬的吐司外皮。

虎大歪：你說對了，我喜歡吐司硬硬的外皮，特別耐嚼好吃。你讓爸爸吃軟嫩吐司，自己吃外皮，真是孝順的好兒子，小圓啊小圓，現代的曾參。

狗小圓：我是狗小圓，為什麼叫我曾參？難不成要我「殺豬教子」？我連蟑螂也不敢踩，更別提殺豬。

虎大歪：曾參是春秋時代魯國人，孔子的學生，是出名的孝子。寫作的時候，用「曾參」來取代「孝子」這個名詞，這是鼎鼎有名的「借代」修辭，明白嗎？

狗小圓：「借代」？大歪是要「借錢」或是「貸款」嗎？

虎大歪：你好壞，老是故意歪曲我說的話。所謂借代，就是在說話或作文當中，借用其他名稱或語句，來代替一般經常使用的本來名稱，或是語句的一種修辭技巧。借代用得妙，作文成績好，知道嗎？

狗小圓：白居易在〈慈烏夜啼〉寫過「慈烏復慈烏，烏中之曾參」，原來大歪想借題發揮，偷渡借代修辭，我還以為你要虧我是烏鴉。

虎大歪：誇獎你也會被誤解，你真是狗嘴裡吐不出象牙。

狗小圓：你別常常烏鴉嘴，我就不會誤會。

虎大歪：你說我是烏鴉嘴，就是借代修辭。

狗小圓：烏鴉嘴是借代修辭？真的嗎？

虎大歪：因為烏鴉叫聲在民俗中是惡兆的象徵，所以用「烏鴉嘴」來借代「說話不吉利、惹人反感的人」。不過，我從不當烏鴉嘴，我只說實話。

狗小圓：我就說我是修辭大師，所有修辭資料都儲存在我的腦袋，只是不知道藏在哪裡，得暖機後搜尋一下。

虎大歪：借代修辭林林總總共有八種，學問很大，你的小腦袋哪裝得下？

狗小圓：我的小腦袋跟小小黃豆一樣厲害，你知道嗎？

虎大歪：你的腦袋跟黃豆一樣厲害？這是什麼譬喻？

狗小圓：小小黃豆可以做出豆芽、豆腐、豆漿、豆皮、豆豉、大豆油和醬油……好多種食材。我的小腦袋藏有好多種修辭，借代修辭只有八種，小菜一碟。

虎大歪：沒想到八種借代修辭也難不倒你，太厲害了，小嫩皮。

狗小圓：你說我是小嫩皮？聽起來有點吃我豆腐的感覺。

虎大歪：小孩子細皮嫩肉，用「小嫩皮」借代「小孩子」。

狗小圓：這個有趣，老硬皮。

虎大歪：我雖然年紀比你大幾歲，額頭皺紋有幾條，卻也還算細皮嫩肉，稱不上老硬皮，叫我「虎太師」就好。

狗小圓：吼！你的臉皮很厚耶！有沒有借代臉皮厚的用法啊？

虎大歪：「厚臉皮」是在經歷各種挫折之後，鍛鍊出來的優越心理素質，感謝你誇我厚臉皮。「小偷」借代成「梁上君子」或「三隻手」，「人心」借代成「方寸」，都是文章裡常見的借代例子。

狗小圓：我阿姨是「護理師」，大家都喊她「白衣天使」，這都是借代。

虎大歪：沒錯。杜甫的〈春望〉寫道：「國破山河在，城春草木深。感時花濺淚，恨別鳥驚心。烽火連三月，家書抵萬金。白頭搔更短，渾欲不勝簪（ㄗㄢ）。」註① 考考你，其中的「白頭」借代什麼東西？

狗小圓：這個簡單！大歪的滿頭白髮長在頭上，「白頭」用來借代「白髮」。

虎大歪：明明是杜甫的白髮，硬是要接到我頭上，感謝你的栽贓。再考考你，連橫在〈臺灣通史序〉寫「私家收拾，半付祝融」，這個「祝融」借代什麼？

狗小圓：想考倒我？「祝融」是「火神」，借「祝融」來替代「火災」。

虎大歪：祝融是上古神話人物，號赤帝，是火神。根據《山海經》記載，祝融住在遙遠南方的盡頭，是他傳下火種，教人類使用火的方法。天乾物燥，大家小心火燭，小孩不要玩火，免得祝融光臨，損失大了。

狗小圓：換我問你，曹操的〈短歌行〉中，「何以解憂？唯有杜康。」這個「杜

康」借代什麼字詞呀？

虎大歪：相傳杜康是發明造酒技術的人，借「杜康」來代「酒」，就像唐朝人陸羽，寫出世界第一部茶葉專著《茶經》而聞名於世，被譽為茶聖，奉為茶仙，祀為茶神，於是借「陸羽」來代「茶」。

狗小圓：聽說香港有家「陸羽茶室」，大歪知道嗎？

虎大歪：當然知道。我去過好幾次，糯米雞鹹香入味，碗裝的蒸蘿蔔糕有點像我們的碗粿，清甜爽口，超懷念的。

狗小圓：你去「陸羽茶室」好幾次，念念不忘的都是點心，把茶擺哪兒去啦？

虎大歪：茶每天喝，美味港點哪有辦法每天吃？藉著「陸羽」講「港點」，心情特別好。

狗小圓：沒錯，光是聽你講，我就齒頰生香。借「杜康」來代「酒」，借「陸羽」來代「茶」，借「麻豆」代替「文旦」，這些是考試卷的常見題目，一定得搞懂。

虎大歪：我常常用王羲之的〈蘭亭集序〉練毛筆字，其中的「雖無絲竹管絃之盛，一觴(ㄕㄤ)一詠，亦足以暢敘幽情」，就藏有借代用法。

狗小圓：絲、竹、管、絃，都是製造樂器的材料，王羲之用「絲竹管絃」來借代為「樂器」，再由「樂器」借代為「音樂」。

虎大歪：小圓說得好。劉禹錫在〈陋室銘〉提到，「無絲竹之亂耳，無案牘之勞形」，同樣是用絲竹借代樂器與音樂。

狗小圓：白居易的〈琵琶行〉當中，「主人下馬客在船，舉酒欲飲無管絃」和「潯陽地僻無音樂，終歲不聞絲竹聲」，都是以絲、竹、管、絃，借代樂器與音樂的好例子。

虎大歪：哎呀！「黑矸(ㄍㄢ)子裝豆油」註②，看不出你會背白居易的〈琵琶行〉。

狗小圓：嘿嘿，我的國文老師好犀利，背一篇古文給他聽就有賞，背白居易的〈琵琶行〉的獎賞是薯餅牛肉堡加雞塊套餐，我卯起來背，一週就搞定。

無絲竹之亂耳，
無案牘之勞形。

虎大歪：看來小圓跟爸爸一樣，吃軟不吃硬。在你家，誰扮黑臉、誰扮白臉呀？

狗小圓：「扮黑臉」、「扮白臉」也是借代。媽媽扮黑臉，每天都罵我不好好念書，爸爸扮白臉，總跟我一起吃香喝辣。

虎大歪：不好好念書，小圓的成績單「滿江紅」，用來借代什麼呢？

狗小圓：哎呀！大歪好壞，說我的成績單滿江紅，期末考我哪一科是紅字，肯定找你算帳。

虎大歪、狗小圓，下臺一鞠躬！

註①【譯文】國家都已被敵人攻破，只有山河依舊存在，春天的長安城滿目淒涼，到處是雜草叢生。花草也傷感國事，難禁涕淚四濺。親人離散，聽到鳥鳴，心中驚嚇，增添無限離愁與憤恨。好幾個月戰火連續不斷，珍貴的家書非常難得，可以抵得上萬兩黃金。憂愁白了我的頭髮，愈抓愈稀少，少得連簪子都插不上了。

註②黑矸子裝豆油，臺語。豆油就是醬油，黑矸仔就是黑色的瓶子。黑色的瓶子裝著黑黑的醬油，當然看不出來！是深藏不露的意思。

第廿一章

示。現。 實況轉播，活靈活現

虎大歪、狗小圓，
說學逗唱，上臺一鞠躬！

虎大歪：今天真是好天氣，陽光普照，微風舒暢，枝頭鳥鳴悅耳動聽，心情真好。

狗小圓：有一好就沒兩好，我的心頭好糾結。

虎大歪：小孩子哪裡懂得「心頭糾結」這種老人家才會有的情緒啊？

狗小圓：大歪不清楚，我數學考差了，老師看我的眼睛裡會冒火，射出威力強大的火箭炮，把我轟上天。

虎大歪：瞧你說得活靈活現，真是高超的「示現」修辭。

狗小圓：「示現」是哪門子修辭呀？

虎大歪：你每天三餐都吃白飯配醬菜，好不好？

狗小圓：媽媽很會做菜，爸爸很能吃，我們家每天都有豐盛又富變化的三餐，哪像你每天吃白飯配醬菜。

虎大歪：修辭就像是變化萬千的配菜，讓每天三餐內容豐富，賞心悅目。

狗小圓：飯後最好來杯飲料，幾樣甜點，更棒。

虎大歪：如果每餐飯後就來飲料和甜點，不出幾年，疾病纏身。

狗小圓：這麼危險？那該怎麼做才好？

虎大歪：早就告訴過你，多喝水，少喝飲料，甜點適量。要不然十多年後，小圓身高沒變，體重加倍，挺個大肚子，好像懷孕九個月的孕婦……。

狗小圓：別說了，嚇死寶寶了！來說示現修辭吧！

虎大歪：在語文表達中，說話的人或寫作者，利用豐富的想像力，透過形象化的語言，把實際上「沒聽過也沒看過」的事物，說得好像「親眼見聞」，這樣的修辭技巧，就叫做「示現」。

狗小圓：簡單的說，示現就是現場實況轉播的意思。

虎大歪：也不盡然，還得看看你說的示現是屬於哪一種。

狗小圓：我喜歡吃魚，魚類料理偏愛清蒸、紅燒、油炸、燒烤，唯獨不愛生魚片。你說的示現修辭有幾種啊？

虎大歪：說到魚類料理，我最愛蒲燒鰻魚，生魚片我也不愛，光是想到寄生蟲隨著魚肉吃下肚，接著占領我的小腸和大腸，就毛骨悚然。

狗小圓：喂！大歪不喜歡生魚片也不要恐嚇人呀！

虎大歪：我在示範示現修辭嘛！示現修辭有三種，分別是「追述示現」、「預言示現」和「懸想示現」。

狗小圓：聽起來有點複雜。

虎大歪：把過去曾經的發生的事物，憑藉想像力寫出來，這屬於「追述示現」，就像蘇東坡寫的〈念奴嬌〉，想像三國時代，東吳大將周瑜的風采，「遙想公瑾當年，小喬初嫁了，雄姿英發。羽扇綸（ㄍㄨㄢ）巾，談笑間，檣（ㄑㄧㄤˊ）櫓（ㄌㄨˇ）灰飛煙滅」。

狗小圓：我看《三國演義》的大陸劇，他們把周瑜演得帥氣迷人。這也是追述示現的一種！

虎大歪：話說，每次我追述媽媽懷孕生我的時候，讓我澈底明白——我是孝順的

好孩子。

狗小圓：好好說著追述示現，怎麼跳到你媽媽懷孕生你的時候呢？你也太跳脫了吧！

虎大歪：話說我媽媽在醫院待產的時候，她一感覺肚子疼，就趕快告訴護理師。醫生才剛出現，我就從媽媽肚子裡滾出來。幸好醫生接得巧，否則我就「呱呱墜地」啦！哈哈！媽媽說，生我的過程很輕鬆，一點也不疼，我應該是很孝順的孩子。

狗小圓：瞧你，把你出生的情景說得栩栩如生，好會吹牛。

虎大歪：這不是吹牛，這是追述示現。

狗小圓：昨天晚上一點多我還在房間念書，突然聽見身後有人輕輕的撥動吉他琴弦，嚇死我了！吉他就掛在我身後不到兩公尺的櫃子旁，那表示撥動吉他琴弦的那個「鬼」，就距離我很近很近，說不定就站在我身後，對我做鬼臉。

虎大歪：喂！明知道我最怕鬼，還講鬼故事嚇我。

狗小圓：我也嚇呆啦！拿起桌子上的耶穌像給自己打氣，鼓起勇氣回頭一看——媽呀！原來是一隻大蟑螂，正在吉他琴弦上爬來爬去。

虎大歪：原來是蟑螂！你這段追述示現簡直把我嚇呆了。

狗小圓：這是我三姑姑的親身經歷。虎大歪，膽小鬼；虎大歪，好怕鬼。

虎大歪：不要再講什麼鬼不鬼的話題了啦！示現修辭的第二種，是「預言示現」，把未來的事情說得彷彿發生在眼前一樣。

狗小圓：大歪既怕鬼又不切實際，未來的事情還沒發生，哪能講得彷彿發生在眼前一樣？

虎大歪：剛剛你說數學考差了，老師看你的眼睛冒火，還射出威力強大的火箭炮，把你轟上天。這不是把還沒發生的事情，說得好像已經發生似的。

狗小圓：大歪每天吃生魚片，吃下一大堆寄生蟲卵，那些卵在大歪肚子裡孵化，變成一大坨長長的蟲，啊！好噁心。

虎大歪：夠了，我都說我不喜歡吃生魚片，你也太會胡扯了吧！

狗小圓：稱讚我預言示現修辭用得好，我就乖乖閉嘴。

虎大歪：你這麼會瞎掰，應該可以朝著作家之路邁進。

狗小圓：好哇！我正想當作家，寫一本超級暢銷書，賺進版稅一億元。這也是預言示現修辭。快告訴我，示現修辭第三種是什麼？

虎大歪：第三種是「懸想示現」，與時間的過去或未來無關，把想像的事情說得好像真在眼前一般。你會背王維的〈九月九日憶山東兄弟〉嗎？

狗小圓：「獨在異鄉為異客，每逢佳節倍思親。遙知兄弟登高處，遍插茱萸少一人。」註 我小一就會背，我好帥，我好聰明。

虎大歪：我那讀幼兒園西瓜班的姪女小安安都會背，你真是厚臉皮。這首〈九月九日憶山東兄弟〉正是懸想示現最佳範例。重陽節的時候，王維沒有回家過節，但是他「遙知」家人兄弟會登高望遠，會配戴茱萸避邪。

狗小圓：把想像的事情說得好像真在眼前一般，這是作家最厲害的絕招，也是作家把錢從讀者口袋掏出來的祕訣。

虎大歪：說得好。我來念一段優美的故事，讓你增添一點文雅氣質。「老仙婆來到月光古堡破敗的咾咕石圍牆邊，從口袋中摸出一把欒樹的種子。她沿著圍牆，繞著月光古堡轉一圈，邊走邊撒下種子。走完一圈，種子剛好撒完。她面對著月光古堡，雙手用力往天空中一舉，所有欒樹的種子瞬間發芽、抽高、長枝葉、再抽高、再長枝葉、再抽高。」

狗小圓：這不是《龍貓》的種樹橋段嗎？寫得好，很有想像力。

虎大歪：不好意思，是「區區在下不才我」的「大」作，怎麼樣，是想像力十足，描寫力超強，絕佳的懸想示現範例吧！

狗小圓：說到飯粒，我肚子餓了想吃飯糰。你跟你的厚臉皮好好相處，我到小七一趟。

虎大歪、狗小圓，下臺一鞠躬！

註【譯文】我獨自一人在異鄉旅遊，每到佳節就加倍的思念親人。我知道在遙遠的家鄉，兄弟們一定在登高望遠。他們都插着茱萸，因為少了我而感到遺憾傷心。

第廿二章

呼告。 呼人喚物，真情喊話

虎大歪、狗小圓，
說學逗唱，上臺一鞠躬！

狗小圓：大歪救命啊！老師說期末考要考作文，還規定要寫六百字以上，這是要逼死誰呀！

虎大歪：期末考要寫作文，這個規定很好啊，六百字對你來說是蛋糕一小塊，把作文能力練好了，信手拈來盡是佳文，對你的升學或是求職都有很大的幫助。

狗小圓：大歪呀大歪！你好歹安慰我一聲。要不，你也跟我一起考作文，訓練你的作文能力，如何？

虎大歪：小圓你嘛幫幫忙，我都七老八十了，還要我坐在教室裡寫作文？饒了

我吧。

狗小圓：怪了，不是我在對你發出求救訊號嗎？怎麼你也學我，跟我一起抱怨啦？

虎大歪：你自投羅網，說出「呼告」修辭，我當然要抓住機會，也來「呼告」一下囉。

狗小圓：你吼得那麼大聲，才不是呼告，是哭天搶地吧！

虎大歪：說話或作文中，先呼叫對方，以引起對方注意，再告訴他要說的事情；甚至突然撇開聽眾或讀者，直接對所敘述的人或事物，直呼名號，傾訴情感，來表達強烈的情感，這些都稱為「呼告」。

狗小圓：期末考作文要寫六百字，對我來說太困難，老師啊！你是否聽到我的哀號？是否聽到我對你的呼告啊！

虎大歪：別再鬼叫了，吵死人啦！呼告修辭必須在情緒激動，而且感覺不吐不快的時候，才適合拿出來運用，否則會被認為無病呻吟，讓對方反感。來來來，我問你，你喜歡的糕點有幾種？

狗小圓：大歪頭腦壞掉啦？我喜歡的糕點有三種，綠豆糕、桂花糕和狀元糕呀！別問我哪一種最好吃，我都愛，最好三種一起端上來。

虎大歪：你喜歡的糕點有三種，呼告修辭也有三種。第一種就是「普通呼告」，通常是用於呼告面前的人，對他提出要求。比如，我對著你喊：「小圓哪！別再鬼叫了，吵死人啦！」這就是普通呼告法。

狗小圓：我才不會鬼叫呢！大歪自誇學問好，舉幾個有學問的例子來聽。

虎大歪：「女郎！為什麼獨自徘徊在海灘？女郎！難道不怕大海就要起風浪～～」這是鄧麗君唱的〈海韻〉，呼叫女郎，問她問題。怎麼樣？我的歌聲還算優美吧！

狗小圓：你的歌聲普通，但是例子還可以，我聽得懂。第二種是什麼呼告呢？

虎大歪：第二種叫做「示現呼告」。如果要呼告的人並不在你面前，而你把那個人假想成在你面前的呼告，帶有示現的意味，就是示現呼告。

狗小圓：我們之前講過示現，滿有趣的修辭法。來來來，大歪再舉個例子。

虎大歪：我們讀過吳晟的〈負荷〉：「孩子呀！阿爸也沒有任何怨言，只因這是生命中最沉重，也最甜蜜的負荷。」對不在眼前的孩子講話，提出要求，這就是示現呼告。

狗小圓：「我的老師啊！如果期末考作文沒有字數限制，該有多好，我會非常感激您的大恩大德！」對著不在面前的老師大聲呼喊，提出要求，就是示現呼告囉？

女郎！為什麼獨自徘徊在海灘？

虎大歪：沒錯沒錯，說得真好。白居易寫信給他的朋友元稹，在信裡一直呼叫元稹，也有很棒的示現呼告例子。

狗小圓：哦？他怎麼寫的？

虎大歪：元稹，字微之，跟白居易是好朋友。他倆分別三年，元稹又有兩年沒寫信給白居易，白居易很擔心元稹，寫信給他的時候，一直呼叫他：「微之，微之，不見足下面已三年矣；不得足下書欲二年矣。……微之，微之，如何！如何！天實為之，謂之奈何！……微之，微之！此夕此心，君知之乎！」註①

狗小圓：古人寫信，真的很用心。我想穿越到古代，看看元稹收到這封信的反應。

虎大歪：我也想知道元稹的反應，當初我讀這篇文章的時候，被白居易感動得起雞皮疙瘩。

狗小圓：你起的是虎皮疙瘩吧！最後一種呼告是什麼呢？

虎大歪：最後一種是對著大自然、對著沒有生命的物體，或者是動物，提出人性化的呼告，叫做「人化呼告」。

狗小圓：這個我來講。「碩鼠碩鼠，無食我黍！……碩鼠碩鼠，無食我麥！……碩鼠碩鼠，無食我苗！」註②《詩經》這篇〈碩鼠〉寫得太好了，從古時候到今天都通用。

虎大歪：把大老鼠當成人類一樣，對牠喊話，叫牠不要吃掉我們的農作物，是標準的人化呼告。《西遊記》第六十九回，孫悟空對唐三藏的白馬喊話，也是很精采的呼告修辭範例。

狗小圓：唐三藏的白馬可不是普通的白馬，牠原本是西海飛龍，因為違犯天條，本來應該處死，幸好觀音菩薩救了牠，把牠的龍角鋸掉，渾身鱗片統統變不見，還把牠的模樣變成白馬，馱著唐三藏到西天取經，將功折罪。

虎大歪：沒錯！小圓講得一口好《西遊記》。

狗小圓：我從小愛看書，《西遊記》是我的床邊書呀！熟讀《西遊記》，不會寫故事也會講。

虎大歪：孫悟空一行人經過朱紫國，國王生病了，孫悟空自願幫國王治病，他調製的藥丸，需要白馬的尿，就讓豬八戒拿著茶碗，讓白馬貢獻一碗尿。

狗小圓：誰知道白馬竟然不肯尿，太不給面子啦！

虎大歪：都怪豬八戒太粗魯。白馬本來在休息，豬八戒過去，先踹白馬一腳，伸出茶碗，然後對著白馬呼告：「灑點兒！灑點兒！」

狗小圓：嘿！這是哪門子呼告啊！既沒有殷勤的呼喊，也沒有懇切的告求，難怪白馬不理他，活該。

虎大歪：豬八戒要不到馬尿，孫悟空親自出馬，白馬突然口出人言，說他的尿非常珍貴，水中的魚喝了就變成飛龍；如果小草沾上就變作長壽靈芝。他才不像小狗一樣隨地尿尿。

狗小圓：喂！別指著我說話，沒事也中槍啊！我是狗小圓，不是小狗。

虎大歪：孫悟空聽了，非常懇切的對白馬呼告。白馬聽了，勉為其難尿了小半碗，真是太難得了，孫悟空鬆了一大口氣。

狗小圓：一般人大都吃軟不吃硬，孫悟空情意懇切的呼告果真有用，朱紫國王吃了三個藥丸，果真藥到病除，皆大歡喜。

虎大歪：小圓從《西遊記》的故事得到啟發了嗎？

狗小圓：「啊！帥氣高大的國文老師呀！如果你大發慈悲，拿掉期末考作文六百字的規定，一定會善有善報！我一定會感激您啊！」

虎大歪：好你個狗小圓，表面上誠懇呼告，暗地裡藏著威脅，老師一定不買單。

狗小圓：我哪有暗藏威脅？你誣衊我。

虎大歪：老師聽到「善有善報」，想到下一句「惡有惡報」，你就吃不完兜著走。

狗小圓：冤枉啊！大人！冤枉啊！

虎大歪、狗小圓，下臺一鞠躬！

註①【譯文】微之啊微之！不見您的面已經三年了，沒有收到您的信快要兩年了。……微之啊微之，怎麼辦啊怎麼辦！天意造成這種際遇，對這怎麼辦呢！……微之啊微之！今夜我的心情您知道嗎？

註②【譯文】大田鼠呀大田鼠，不許吃我種的黍！……大田鼠呀大田鼠，不許吃我種的麥！……大田鼠呀大田鼠，不許吃我種的苗！

第廿三章 鑲嵌。鑲嵌增配，拉長文句

虎大歪、狗小圓，說學逗唱，上臺一鞠躬！

虎大歪：「江南可採蓮，蓮葉何田田。魚戲蓮葉間：魚戲蓮葉東，魚戲蓮葉西，魚戲蓮葉南，魚戲蓮葉北～～」

狗小圓：哎喲！大歪今天心情好棒，唱歌娛樂我。

虎大歪：我的歌喉好，歌聲好聽吧！你知道一邊大聲唱歌，一邊開心跳舞，是最棒的健康活動喔。

狗小圓：歌聲好聽、舞姿曼妙，給你拍拍手，帶你去遛狗，為你放煙火。再來一首，讓大家都更健康。

虎大歪：聽好了。「阿爺無大兒，木蘭無長兄，願為市鞍馬，從此替爺徵。東市買駿馬，西市買鞍韉，南市買轡頭，北市買長鞭～～」

狗小圓：咦？這不是〈木蘭詩〉嗎？你還會唱啊！我比較喜歡這一段：「爺孃聞女來，出郭相扶將；阿姊聞妹來，當戶理紅妝；小弟聞姊來，磨刀霍霍向豬羊。」真是幸福的一家人，當晚就有紅燒豬肉和羊肉爐可以享用，口福不淺。

虎大歪：我唱個古詩，你也可以想到吃的，真是佩服。你呀，「吃銅吃鐵吃銀行，有毛吃到棕簑，沒毛吃到秤錘，兩腳吃到樓梯，四腳吃到桌櫃」。

狗小圓：都怪你沒事講什麼「東市西市南市北市」，東西南北，我把四大市場逛透透，不吃美食要做什麼？

虎大歪：我們今天講「鑲嵌」修辭，我剛剛唱的民歌和木蘭詩歌，都是「鑲嵌」修辭名句。

狗小圓：唱民歌、逛市場，也能扯到修辭？大歪太能瞎掰了。

虎大歪：在詞語中，故意穿插「數目字」、「虛字」、「特定字」、「同義字」或者

「異義字」，來拉長文句的修辭方法，就是「鑲嵌」修辭。

狗小圓：我知道了，沒有靈感，硬是要「拉長文句」、「歹戲拖棚」，穿插一些有的沒的廢話……。

虎大歪：喂，別瞎掰！讀書寫作，都講究節奏和韻律，鑲嵌修辭就是要拉長詞語的音節，讓文章讀起來更有趣味，吸引讀者的注意力，懂嗎？

狗小圓：懂懂懂。蛋糕的樣式有幾百種，鑲嵌修辭有幾種啊？

虎大歪：鑲嵌修辭不多，只有「鑲字」、「嵌字」、「增字」和「配字」四種。用無關緊要的虛字或數目字，穿插在有實際意義的字詞之間，藉以拉長詞語的修辭方法叫做「鑲字」。

狗小圓：用無關緊要的字來拉長詞語？這是化簡為繁，不優。

虎大歪：「千呼萬喚始出來，猶抱琵琶半遮面。」我倆都喜歡白居易的〈琵琶行〉，單講「呼喚」沒韻味，講「千呼萬喚」韻味就出來了，好念又好聽。

狗小圓：我只喜歡千呼萬喚「死」出來的諧音趣味，哈哈哈！

虎大歪：小孩子，別亂講話。話說，在《水滸傳》有段文字也有趣：「引一千餘軍馬，盡是七長八短漢，四山五嶽人。」在這段文字裡，數字沒有實際意義，念起來好聽罷了。

引一千餘軍馬，盡是七長八短漢業，四五嶽人。
梁山泊

狗小圓：不是「三長兩短」嗎？《水滸傳》竄改成「七長八短」，太好笑啦！

虎大歪：說起三長兩短，成語當中用數字來鑲字的例句，不勝枚舉。

狗小圓：沒錯。「一乾二淨、的一確二、三長兩短、四面八方、五顏六色、六街三市、七零八落、八病九痛、九故十親、七老八十、千山萬水、萬別千差……。」

虎大歪：哎喲！小圓有學問，說得好、說得妙、說得呱呱叫。

狗小圓：不好意思，剛剛上網，現查現賣。

虎大歪：鑲嵌修辭的第二種「嵌字」，是故意用特定的字詞來嵌入語句當中，像是剛剛講的「魚戲蓮葉東，魚戲蓮葉西，魚戲蓮葉南，魚戲蓮葉北」。在文句中「嵌」入「東西南北」，意思更完備，念起來更有趣味。

狗小圓：「東市買駿馬，西市買鞍韉，南市買轡頭，北市買長鞭」，也是同樣的用法。這種拉長文章的好用技巧，一定要學起來。

虎大歪：從前有個船夫，船上載了一群讀書人，讀書人對船夫不禮貌，於是船夫出了上聯：「一孤舟，二客商，三四五六水手，扯起七八葉風篷，下九江，還有十里。」船夫要讀書人對出下聯，沒想到自以為高人一等的讀書人都傻眼了，沒人對得出下聯。

狗小圓：把一到十個數字放進對聯，就是嵌字修辭嗎？

虎大歪：這是嵌字無誤。怪的是，有學問的人很多，幾百年過去了，卻沒人能對出下聯，幾乎成了「絕聯」。

狗小圓：給我三天，我想想。

虎大歪：給你三百年你也對不出來啦。直到近代才有人對出下聯，聽好啦。「十里運，九里香，八七六五號輪，雖走四三年舊道，只二日，勝似一年。」從十到一，倒著念下來，頗為有趣。

狗小圓：聽起來簡單，對起來可不簡單呢。

虎大歪：嵌字還可以用「金木水火土」等五行，「東西南北中」等方位，「鼠牛虎兔龍蛇馬羊猴雞狗豬」等十二生肖，有趣的呢。

狗小圓：那麼「增字」和「配字」，是否可以「增」加一些美食詞語，「配」上一些美味配料，讓文字更加可口誘人呀？

虎大歪：鑲嵌修辭跟美食配對的重責大任，就交給小圓來達成囉！「增字」是同義字的重複，也就是「同義複詞」，目的在拉長音節，使語氣更為完足，語意更加充實。

狗小圓：如果「增字」是「同義複詞」，那麼「配字」就是「偏義複詞」囉！

虎大歪：沒錯。在語句當中，用一個平列而意思不同的字作陪襯，只取其「聲」，用來舒緩語氣，而不取其「義」的，就稱為「配字」。從文法上來看，配字就是偏義複詞沒錯。

狗小圓：老師教過王維寫的〈山中與裴秀才迪書〉：「多思曩（ㄋㄤˇ）昔，攜手賦詩，步仄徑，臨清流也。」「曩昔」二個字是同義複詞，曩跟昔的意思一樣，都是指「從前」，讀起來音韻和諧好聽。

虎大歪：曾國藩的〈諭子紀鴻〉寫到：「凡仕宦之家，由儉入奢易，由奢返儉難。」「仕宦」二個字同義並列，用增字法拉長音節，湊成五字句，以與下文相對照，讓文章更漂亮。

狗小圓：我看《三國演義》電視劇，看到「今可去探他『虛實』，卻來回報」。雖然講的是「虛實」兩個字，但只取「實」字的意思，「虛」在這裡是配字，對吧？

虎大歪：沒錯，小圓好厲害，文字功力好強。南唐李後主的〈虞美人〉寫：「春

花秋月何時了，往事知多少？」雖然講「多少」，其實是往事很多的意思，「少」只是配字。

狗小圓：說到「探他虛實，卻來回報」，我得先走一步。

虎大歪：要到哪裡？探誰虛實？從實招來。

狗小圓：我媽媽愛吃桃太郎番茄，只有學校旁邊黃昏市場裡的一個小攤子有得買，媽媽吩咐我繞過去探探虛實，立刻回報。

虎大歪：桃太郎番茄，香甜軟綿，是番茄中的上品，我也愛吃，一起去瞧瞧。

虎大歪、狗小圓，下臺一鞠躬！

第廿四章

錯綜。詞序交錯，活潑多變

虎大歪、狗小圓，說學逗唱，上臺一鞠躬！

虎大歪：不囉嗦、不廢話，今天來講「錯綜」修辭。

狗小圓：不拖延、不耽擱，立馬去吃「山東燒雞」。

虎大歪：所謂「錯綜」修辭，是指在語文中，將類疊、對偶、排比、層遞等整齊的文字形式，故意「抽換詞面」、「交錯語次」、「伸縮文身」、「變化句式」，故意使上下文詞語各異，句子不齊，文法語氣不同，產生活潑多變化的美麗詞面。

狗小圓：所謂「山東燒雞」，是指熱鍋熱油，雞腿煎炸到焦黃，撒上蔥段、薑片、花椒、八角、料酒，水開後蒸十五分鐘。將米醋、糖、醬油、香油、薑、適量的花椒粉、辣椒油、麻油以及蒸好的雞汁，調成醬汁。小黃瓜切絲鋪底，放上撕好的雞肉，澆上醬汁，撒上蒜末和香菜。

虎大歪：哎呀！口水流下來啦！你來講錯綜修辭，我想吃山東燒雞。

狗小圓：哦！不不不，你來講錯綜修辭，咱倆一起吃山東燒雞。錯綜修辭聽起來很複雜，抽換詞面是啥意思呀？

虎大歪：「抽換詞面」是指在整齊之文句中，把重複出現的詞語改換成不同的「同義詞」或「近義詞」。

狗小圓：同義詞或近義詞？就像把山東燒雞的洋蔥換成紫色洋蔥的小技巧，對吧。

虎大歪：沒錯。《荀子・勸學》篇有一句：「無冥冥之志者，無昭昭之明；無惛惛之事者，無赫赫之功。」用「惛惛」換「冥冥」，用「赫赫」換「昭昭」，都是同義詞互相替換，文章內容更加豐富。

狗小圓：你舉的例子太困難，我來舉個精采簡單的例子。

虎大歪：來來來，我給你舉個同樣精采的例子。「秦孝公……有席卷天下，包舉宇內，囊括四海之意，并吞八荒之心。……南取漢中，西舉巴蜀，東割膏腴之地，北收要害之郡。」

「老鼠小姐給她的尾巴上體育課。她用尾巴畫圓圈，用尾巴畫甜甜圈，用尾巴畫呼拉圈。」甜甜圈和呼拉圈都是圓圈，互相替換，聽起來很可愛。用紫色洋蔥替換白色洋蔥，讓山東燒雞更加賞心悅目又好吃。

狗小圓：這是賈誼的〈過秦論〉嘛！老師教過，我背課文背得好辛苦啊。

虎大歪：「吃得苦中苦，方為人上人。多讀好文章，出口就成章，作文一級棒。」

狗小圓：大歪說得對，我作文成績好，被推舉參加校際作文比賽喔！

虎大歪：我隨便講講你還當真呀！得了獎再來誇口。四句話中「席卷」、「包舉」、「囊括」、「并吞」這四個動詞，意思相同，詞彙不同。南「取」、西「舉」、東「割」、北「收」，也是用四個詞面各異，意義相同的動詞。這樣的抽換詞面，使得文句錯綜變化，有整齊規律的好處，卻沒有重複呆板的缺點。

狗小圓：趕快學起來，下次我也來「抽換食材」，試著做山東燒「鵝」、燒「鴨」和燒「火雞」試試看。

虎大歪：好好好，你一次做四樣，我們「交錯試吃」，跟錯綜修辭的「交錯語次」相對照。

狗小圓：好主意。「交錯語次」又是怎麼個交錯法呢？

虎大歪：在語文中，將詞語的次序前後調動，故意安排得前後參差不齊，就叫「交錯語次」。你讀過蘇軾的〈赤壁賦〉嗎？「惟江上之清風，與山間之明月，耳得之而為聲，目遇之而成色。」

狗小圓：讀過讀過，我爸爸最喜歡這篇文章，他念書時候背的古文都忘光光，就記得這篇。

虎大歪：這句的意思是「只有江上的清風，以及山間的明月，送到耳邊便聽到聲音，進入眼簾便繪出形色」。你知道原來應該怎麼寫嗎？

狗小圓：當然知道啦，是「惟江上之清風，耳得之而為聲；山間之明月，目遇之而成色」，對吧！

虎大歪：對極了！交錯語次讓文章讀起來更有滋味。

狗小圓：一口雞肉，一口洋蔥；一口雞肉，一口黃瓜。滋味交錯，韻味無窮。

虎大歪：第三種技巧是「伸縮文身」，把原本字數相等的句子，故意調整成字數不同，讓長句短句交相錯雜。例如《禮記・禮運》篇的「使老有所終，

惟江上之清風，與山間之明月，耳得之而為聲，目遇之而成色。

壯有所用，幼有所長，矜、寡、孤、獨、廢疾者皆有所養」[註]。

狗小圓：我聽不懂，解釋一下。

虎大歪：「老有所終」、「壯有所用」、「幼有所長」之後，更改成「矜（ㄍㄨㄢ）、寡、孤、獨、廢疾者」，增添了好幾個字，使句子延展，和前文參差不齊，念起來很有韻味。

狗小圓：我那天看故事書，裡頭寫道：「月亮把自己變成籃球大小，往北邊滾，滾過樹林，滾過青山，滾過小溪，滾過老鼠村，滾滾滾，滾到夢翔海邊。」這段故事才是伸縮文身好例句吧。

虎大歪：沒錯。把「滾」寫成「滾滾滾」，就是伸縮文身，讚讚的。

狗小圓：還有一句也很棒。「三年之後，除了身材太胖，尾巴太短，身體太虛，自信心和冒險犯難的膽量太小的老鼠不會飛以外，老鼠村所有的老鼠都學會飛翔。」

虎大歪：哎呀！寫得太好了，相對於前面的「身材」、「尾巴」、「身體」，後面提到的「自信心和冒險犯難的膽量」，就有伸縮文身的

效果。

狗小圓：最後一種「變化句式」又是什麼東東呢？

虎大歪：這個簡單，「變化句式」就是將「肯定句」與「否定句」，「直述句」與「疑問句」，穿插寫入文章。

狗小圓：這麼簡單？我來念一段故事給你聽。路燈爺爺說：「我們當路燈的，最大的考驗就是孤單。你想想，白天有太陽照耀，大家根本不需要路燈。晚上，我們發出溫暖的光線，照亮漁港，照亮鯨魚洞漁村。可是，大家急著回家，誰會欣賞我們？誰會關心我們？誰會跟我們當朋友，跟我們聊天呢？」

虎大歪：嗯！有肯定句「最大的考驗就是孤單」，也有否定句「大家根本不需要路燈」，還有好幾個疑問句，超讚的。

狗小圓：謝謝誇獎。

虎大歪：來來來，我這裡有一張小抄，羅列了十家最棒山東燒雞店，你選一家，我請你吃。

狗小圓：哎呀！大歪轉性了？這麼樣大方，對我這麼樣好！

虎大歪：哈哈！你誤會了，我不是轉性，我是生性豪邁大方。你專心讀了我寫的故事書，還懂得我的精采修辭例句，拿出來跟我一起討論，我怎麼可以不對你好？怎麼可以不請你吃美味的山東燒雞呢？

狗小圓：老鼠小姐和路燈爺爺的故事是你寫的？難怪精采好看。來來來，你來把東西收拾一下，我們去吃山東燒雞。

虎大歪：好好好，我收拾乾淨就走。

狗小圓：我今天才知道你屬馬，喜歡我拍你馬屁。

虎大歪：我看你屬小人，就是欠打。

虎大歪、狗小圓，下臺一鞠躬！

註

【譯文】努力使得老人安享晚年，壯年人能發揮長才，幼童可以適當成長，鰥夫、寡婦、孤兒、老人、殘障及病患都能受到照顧。

第廿五章

象徵。以實代虛，虛實對照

虎大歪、狗小圓，說學逗唱，上臺一鞠躬！

狗小圓：大歪幫幫忙，母親節快到了，幫我想一首母親節的詩，我待會就得交作業。

虎大歪：你不是看很多書，自認很厲害嗎？

狗小圓：哎呀！「平時諸葛亮，寫作業豬一樣」、「書到用時方恨不知藏在哪」，拜託您告訴我吧。

虎大歪：我倆講「母親節」相聲那次，不是講到一首鼎鼎大名、大家都會背的唐詩嗎？「慈母——」

狗小圓：行，我知道了，是孟郊的〈遊子吟〉。「慈母手中線，遊子身上衣。臨行密密縫，意恐遲遲歸，誰言寸草心，報得三春暉。」

虎大歪：背得好！這首詩已經成為母親節的「象徵」詩，「春暉」也成為母愛的「普遍象徵」。每到母親節，背誦這首詩就對味。

狗小圓：沒錯！就算是大學者，一到清明節，也得吟唱大家琅琅上口的「清明時節雨紛紛，路上行人欲斷魂……」。

虎大歪：「借問酒家何處有，牧童遙指杏花村。」既然你提起，我就不得不順便講講「象徵」修辭啦。

狗小圓：哎喲！念兩首耳熟能詳的唐詩也有修辭大學問呀？

虎大歪：是啊，修辭大學問無所不在，處處都在。象徵修辭的學問很大，所以很多人都不懂，你可能也不懂。

狗小圓：誰說我不懂？我懂得不得了。

虎大歪：對於任何一種抽象的觀念、情感和看不見的事物，我們不直接講清楚說明白，而是找出理性的關聯，社會的約定，並且透過某種意象的媒介，間接陳述的表達方式，就是「象徵」修辭。就像「紅豆」象徵「愛情」；「出淤泥而不染的蓮花」象徵「君子」。

狗小圓：「國旗」象徵「國家」，「和平鴿」是「和平」、「友誼」、「團結」和「聖潔」的象徵。來，給我拍拍手，帶我去遛狗，幫我放煙火。

虎大歪：不錯不錯，說得好。喜鵲象徵吉祥，青鳥象徵幸福，狐狸則是狡猾的象徵。

狗小圓：燈塔象徵光明與希望，對吧！

虎大歪：小圓果真學問好，有讀書就是不一樣。

狗小圓：你剛才說紅豆象徵愛情，但我看紅豆，左看右看、上看下看，都只適合做紅豆餅、紅豆麵包、紅豆湯，怎麼會說紅豆象徵愛情呢？

虎大歪：你總聽說過紅豆象徵愛情吧？

狗小圓：是啊！小時候就背過「紅豆生南國，春來發幾枝，願君多採擷，此物最相思」。就是因為這首詩，連三歲小孩也琅琅上口，所以大家就說紅豆代表相思，紅豆是愛情的象徵嗎？

虎大歪：哈哈，此紅豆非彼紅豆呀。有一種樹叫做「小實孔雀豆」，又稱小實海紅豆、孔雀豆、相思豆或紅豆，結出的果子，就是我們常在風景遊樂區買到的心型、紅色「相思豆」。送相思豆給喜歡的人，表達愛意。

狗小圓：原來如此，你抽屜那兩顆紅豆，可以送給我嗎？

虎大歪：你跟我要紅豆？有喜歡的女生啦？

狗小圓：才不是，你別亂猜。還是來說象徵修辭吧。

虎大歪：哈哈！等到你有喜歡的女生，我再把那兩顆珍藏多年的紅豆送給你。「喜鵲」象徵「吉祥」；「烏鴉」象徵「厄運」；「蠟燭」象徵「光明」；「獅子」象徵「勇敢」，這些大家都有共識的象徵，叫做「普遍的象徵」。

狗小圓：「沙漠之舟」駱駝，象徵不畏艱難險阻的精神。美麗絢爛的落日，卻是終結和衰老的象徵。

虎大歪：沒錯。「松、竹、梅」號稱歲寒三友，象徵「堅毅不屈」；美麗的「紅玫瑰」象徵「熱戀」；「黃玫瑰」代表「純潔的友誼」和「美好的祝福」，很適合送給一般的朋友。

狗小圓：為什麼一定要送紅玫瑰？送黃玫瑰給女朋友不可以嗎？

虎大歪：送黃玫瑰給女朋友，代表嫉妒失戀和消逝的愛，甚至是一種嫉恨的表達，戀情馬上就完蛋。

狗小圓：哎喲！好可怕，看來我得好好學習象徵修辭，免得好心送花還被嫌棄，彩色人生變黑白。

虎大歪：沒錯，普遍的象徵放諸四海皆準，可以獨立存在，不受上下文限制的，搞錯象徵意義，肯定慘兮兮！

狗小圓：除了這些個放諸四海皆準的普遍象徵之外，可不可以有「特別」的象徵呢？

虎大歪：象徵修辭的第二種就是「特定的象徵」，是一種受文章上下文控制的象徵。

狗小圓：受文章上下文控制的象徵？原來文字世界也有「控制狂」啊！

虎大歪：什麼控制狂？你說哪去了？特定的象徵是在作者的刻意設計安排下，在一定的場景與氣氛中，某項事物含蘊特殊的象徵意義的一種修辭技巧。

狗小圓：你愈說我愈模糊，腦袋又變成一坨漿糊啦！

虎大歪：我舉個例子你一聽就懂。我們之前講節氣的時候，我提到「天干地支」，還記得你「歪樓」成什麼嗎？

狗小圓：天乾地汁？我是不是說天氣很熱、很乾，土地冒汗出汁？

虎大歪：沒錯。後來我考你西元換算干支歲次，如果你算對了，我說要請你吃什麼？

狗小圓：講到吃的，我的精神就來啦！你說要請我吃老天祿滷豆干，喝公園號酸梅湯。啊！好享受、好開心。

虎大歪：從那次以後我問你想吃啥，你一說天干地支，我們就知道是老天祿滷豆干和公園號酸梅湯，這就是專屬於我倆特定的象徵。

狗小圓：原來這就是特定的象徵，真簡單。

虎大歪：你會背李白的〈黃鶴樓送孟浩然之廣陵〉嗎？

狗小圓：當然，我可是唐詩三百首專家耶！「白日依山盡，黃河入海流……。」

虎大歪：我還「芋頭西米露，紅燒獅子頭」咧！你亂說，這是王之渙的〈登鸛雀樓〉。

狗小圓：哈哈！人有失神，馬有亂蹄。吃飯哪有不掉飯米粒的，吃燒餅哪有不掉芝麻的！

虎大歪：來，重背一次。

狗小圓：「故人西辭黃鶴樓，煙花三月下揚州。孤帆遠影碧空盡，唯見長江天際

故人西
辭黃鶴
樓，煙花三月下揚
州。孤帆遠影碧空
盡，唯見長江天際流。

流。」這首詩跟象徵有啥關係？

虎大歪：詩中的「唯見長江天際流」就是用流不盡的「長江水」來象徵綿綿無盡的「離愁」。

狗小圓：「問君能有幾多愁？恰似一江春水向東流」是直接講離愁像江水，「唯見長江天際流」就比較含蓄，象徵得好。

虎大歪：沒錯，象徵就是用具體的符號，來表達抽象的事物，或者寄寓某種特殊情感，不但可以曲折含蓄的表達內容，還可以深化作品的主題，給人深刻的印象和強烈的感染力。

狗小圓：對我來說，熱呼呼的紅豆餅就是友情的象徵，請我吃紅豆餅吧。

虎大歪：拿破崙派才是友情的象徵，紅豆餅換拿破崙派，我很可以。

狗小圓：拿破崙派一塊八十五元，紅豆餅一個才十五元，划不來，告辭。

虎大歪、狗小圓，下臺一鞠躬！

第廿六章

倒裝。修辭所需，顛倒順序

虎大歪、狗小圓，說學逗唱，上臺一鞠躬！

狗小圓：大歪，有沒有看到我那疊校慶園遊會兌換券呀？

虎大歪：喏，「Here you are」，拿去吧。

狗小圓：太好了，我得在星期五之前把這些園遊會兌換券賣出去，否則到時候我們班賣烤香腸和珍珠奶茶的「人客」不夠多，業績太差，害大家賠錢，「待誌就大條了我」。

虎大歪：小圓今天大秀「倒裝」修辭，學問不錯喔。

狗小圓：倒裝？我誠懇老實不會裝傻。「倒」是你，常「裝」傻欺騙我！

虎大歪：誰會裝傻騙你？你就會胡說八道，含沙射影。語文上特意顛倒文法順序的句子，叫做「倒裝」修辭。「人客」註是「客人」的倒裝，「待誌就大條了我」是「我的待誌就大條了」的倒裝，懂嗎？

狗小圓：重要的話先說就是倒裝？大歪今天「落」英語，「Here you are」，還捲舌喔！

虎大歪：多謝提醒，「Here you are」也算是倒裝句哦！

狗小圓：真的假的？開什麼玩笑？

虎大歪：會咬人的狗牠不叫，先咬你一大口，再汪汪大叫幾聲，這是「狗語」的「倒裝」。

狗小圓：嘿！換大歪胡說八道啦！

虎大歪：你會開玩笑耍幽默，我也會。倒裝修辭是語文中特意顛倒文法或邏輯順序的句子，通常都跟動詞有關。把想要「特別強調」的最重要詞語，挪到句子最前面，讓大家特別注意。

狗小圓：好好的文法和邏輯順序，為什麼沒事要胡亂倒裝呢？

虎大歪：倒裝修辭可以增強文章的語勢，調和詩文的音律，激起文章的波瀾，讓文句生動多采，而且富有變化，可以喚起讀者的注意，並且增加文意表達的效果。

狗小圓：我總覺得倒裝修辭有個倒垃圾的「倒」字，感覺就是怪。

虎大歪：不怪不怪！唐朝詩人王維的〈山居秋暝〉有好幾個倒裝修辭，我來考考你。

狗小圓：「空山新雨後，天氣晚來秋。明月松間照，清泉石上流。竹喧歸浣女，蓮動下漁舟。隨意春芳歇，王孫自可留。」我把詩背出來，你來講修辭，咱倆是分工合作的好搭檔。

虎大歪：「明月松間照，清泉石上流」的意思是「明月映照幽靜的松林間，清澈的泉水在碧石上流淌」，是「明月照松間，清泉流石上」的倒裝句。

狗小圓：這句詩為了押韻，把動詞調到後面，對吧？下次我寫歌詞，也來學學這招。

虎大歪：除了押韻，「明月」和「清泉」也是詩人想要強調的重點。你知道「竹喧歸浣女，蓮動下漁舟」的意思嗎？

狗小圓：這句詩的意思是「少女洗衣歸來，經過竹林，喧嘩說笑，漁船輕輕搖盪，

竹喧歸浣女，蓮動下漁舟。

蓮葉跟著節奏晃動」。

虎大歪：說得好。這兩句是「浣女歸竹喧，漁舟下蓮動」的倒裝句。

狗小圓：我想，竹林中的喧嘩聲和蓮葉浮動的影像，是王維想要強調的重點。

虎大歪：「隨意春芳歇」是「春芳隨意歇」的倒裝。這句詩的意思是「春日的芳菲不妨任隨它消歇，眼前的秋景足以令人留連」。

狗小圓：王維這首詩幾乎都是倒裝句。讀過這首詩，我掌握到使用倒裝修辭的重點。下次寫文章想要押韻，就來個「倒裝兼押韻」的雙重修辭，老師肯定對我刮目相看。

虎大歪：我對你的說法「嗤之以鼻」。

狗小圓：怎麼？我說錯了嗎？

虎大歪：別緊張！生活中很多口語都是倒裝修辭，我給你舉個例子罷了。「嗤之以鼻」就是「以鼻嗤之」的倒裝，強調「嗤」這個感受。

狗小圓：甚矣，汝之不惠。

虎大歪：哎呀！你用愚公移山的句子罵我笨？報復心真重。

狗小圓：別緊張！我也是給你舉個例子。「甚矣，汝之不惠」就是「汝之不惠甚矣」的倒裝，就是「你真的不聰明，實在太笨了」的意思。

虎大歪：小點聲，我媽要是聽到你笑我笨，肯定會拉住耳朵「唯你是問」。

狗小圓：哇！虎媽別生氣，博君一笑別介意。「唯你是問」也是倒裝句，本義是「唯問你」。別跟小圓過不去，「表賓語提前」的倒裝好有趣，我好喜歡這五個字，湊在一起，念起來好好聽。

虎大歪：我給大家解釋一下。賓語，又稱為受詞，是指一個動作（動詞）的接受者。例如，小圓吃烤香腸，「吃」是動詞，「烤香腸」就是賓語。「烤香腸是小圓吃」就是「賓語提前」的倒裝用法。你竟然覺得「表賓語提前」念起來好聽，真是怪咖。

狗小圓：「唯利是圖的虎大歪，對狗小圓唯命是從。」這裡也有兩個表賓語提前的倒裝，就是「唯圖利」和「唯從命」。我很厲害吧！

虎大歪：是是是，好犀利。小圓雖然聰明伶俐，就是不夠努力，常常偷懶打屁。

狗小圓：喂！明明是講倒裝修辭，你卻倒打一耙，修理起我來了！

虎大歪：好好好，不挑毛病了我。話說，周敦頤的〈愛蓮說〉寫道：「菊之

愛，陶後鮮有聞；蓮之愛，同予者何人；牡丹之愛，宜乎眾矣。」這裡也有倒裝用法，是「愛菊、愛蓮和愛牡丹」，那幾個「之」字也沒有意義。

狗小圓：為了讓同學多買幾張園遊券，「我誘之以乖乖、以奶茶、以棒棒糖」，這裡也是倒裝用法。

虎大歪：為了讓狗小圓對我言聽計從，認真講修辭，「我誘之以烤香腸、以牛排、以綠豆糕」。這是「以烤香腸、牛排和綠豆糕誘之」的倒裝，小圓的例子舉得不錯。

狗小圓：謝謝大歪誇獎。

虎大歪：今天小圓非常配合，乖乖跟我講倒裝修辭，還秀出自己的國學實力，讚讚的。

狗小圓：哈哈！再次謝謝大歪誇獎。我乖乖跟你講倒裝修辭，你好心幫我賣校慶園遊會兌換券。

虎大歪：這一疊至少有五十張，期限只有兩天，我哪有辦法幫你賣？

狗小圓：面額一百塊，五十張，總共五千塊，大歪都自掏腰包買了吧。

虎大歪：好你個狗小圓，五千塊是我一個月的午餐加咖啡錢，買了你的園遊券，我這個月每天中午都要餓肚子，一天一杯咖啡也沒啦。

狗小圓：現在流行一六八斷食，一天吃兩餐，且在八小時之內把兩餐吃完，之後間隔十六個小時才再度進食。大歪早上七點吃早餐，中午不吃，傍晚六點吃晚餐的話，間隔大約十一小時，比一六八的規定還要寬鬆，安啦！

虎大歪：好你個狗小圓，不但心機深重算計我的錢包，還淨講些歪理。

狗小圓：我突然發現，「好你個虎大歪」也是倒裝修辭，還兼反諷用法，意思是「你這個虎大歪真的很過分」……。

虎大歪：今天真的得打你才能消氣了，別溜！

虎大歪、狗小圓，下臺一鞠躬！

註 「人客」是「客人」的倒裝。國語「客人」，指的是顧客或是賓客，臺語念成「人客」。

第廿七章 歇後語

歇去後語，賣個關子

虎大歪、狗小圓，說學逗唱，上臺一鞠躬！

狗小圓：「老大開飛機，老二坐飛機，老三丟炸彈，炸得老四滿地爬，老五磨豆腐，磨得老六滿屁股，老七漆油漆，漆得老八滿嘴巴，老九愛喝酒，喝得老十不誠實啊不誠實。」

虎大歪：哎喲！小圓怎麼會念這麼「老古董」的兒歌呀？「黑矸仔裝豆油——看不出來。」

狗小圓：這是我爸爸教我念的兒歌。我爸爸排行第五，小時候哥哥開玩笑，說他不是爸爸、媽媽的親生兒子，而是學校旁邊豆腐店的兒子。

虎大歪：哥哥胡亂說笑，你爸爸就相信啦？

狗小圓：哥哥教他念這首兒歌，有兒歌為證，長大之後才知道被哥哥騙了。

虎大歪：嘿！你爸爸真的是「老九的弟弟」。

狗小圓：爸爸排行第五，怎會是老九的弟弟？

虎大歪：「老九的弟弟」，就是老實（十），老實人容易受騙。這是「歇後語」，「歇」去「後」半段之「語」，這種用法在修辭學中稱為「藏詞」。

狗小圓：我從小喜歡讀歇後語，大歪照鏡子，就像「豬八戒照鏡子——裡外不是人」，好好笑喔。

虎大歪：狗小圓總是能說不會做，就像「狗掀門簾——專靠一張嘴」。

狗小圓：要在現代競爭激烈的社會闖蕩，能說善道非常重要，發表意見、講述理念，不靠一張嘴，要靠什麼？

虎大歪：「閻王好找——小鬼難纏」，就你會講道理。「秀才遇到兵——有理說不清。」今天講完歇後語，本來想帶你到朋友的農場吃烤地瓜和白斬雞，但是你這麼不給力……。

狗小圓：真的？我喜歡烤地瓜和白斬雞，請您

給大家說說歇後語的大學問吧。

虎大歪：歇後語，就是把真正想表達的意旨藏起來，不直接明說，改用幽默風趣的方式，呈現一段話語的前半段，再讓聽者或讀者就意義的關聯性，或是語音相近似者，去揣測其真正的意思。

狗小圓：之前的修辭是化簡為繁，把簡單的敘述轉個彎，化妝修飾一番。今天講的歇後語又有新花招，話講一半，要人猜下半段，吊人胃口不乾脆。

虎大歪：怎麼？你有意見？你不想跟我一起講歇後語？

狗小圓：嘿！我可是最會猜謎語的「打虎將」，超喜歡話講一半的歇後語。

虎大歪：有一種歇後語是邏輯推理式，先提出比喻部分，再推理說明結果。比如，豬八戒搭飛機——醜了上天！

狗小圓：啞巴吃黃連——有苦說不出。

虎大歪：黃連這種植物是中藥，可以健胃，還可以抗菌消炎，但是根莖味道很苦，啞巴吃了黃連，僅管苦澀不堪，卻是有口難言啊！還有句歇後語是「黃連樹下彈琴——」

狗小圓：苦中作樂。這句歇後語勸勉我們，就算在困境當中，也不能喪志，還是要尋找生活的樂趣，好好過日子。

虎大歪：沒錯，說得好！過街老鼠——人人喊打。
狗小圓：老鼠危害人類生活環境，看到老鼠，人人都想打。
虎大歪：泥菩薩過江——自身難保。泥巴遇到水，馬上就溶化。
狗小圓：張飛穿針——大眼瞪小眼。
虎大歪：張飛眼睛大，針眼小，大眼瞪小眼，這就是推理的趣味！還有一種是「諧音雙關」的歇後語，有諧音的趣味，念起來特別好玩。比方說，九毛加一毛——
狗小圓：十毛？時髦！九毛加一毛——時髦。
虎大歪：外甥打燈籠——照舊（舅）。
狗小圓：元宵節時，舅舅跟我提燈籠逛河堤公園，邊講歇後語，好開心。
虎大歪：打著燈籠撿大便——
狗小圓：你找屎啊？
虎大歪：找屎就找屎，不要加那個「你」字！真是電線杆上綁雞毛——
狗小圓：好大的膽（撣）子！看在烤地瓜和白斬雞的份上，小的不敢造次。
虎大歪：小圓看在美食分上盡量不得罪我，這是司馬昭之心——路人皆知。
狗小圓：我哪像司馬昭那樣狡猾呀？我是誠心佩服大歪，真心喜歡念這種歇後語。我常常念給奶奶聽，把奶奶逗得好開心，我是奶奶的開心果。

虎大歪：你呀，仗著奶奶寵愛你，對奶奶說話沒大沒小，真是和尚打傘——無法（髮）又無天。

狗小圓：就因為我怕熱，常常剃光頭，大歪就說我像和尚？真是廁所裡撐竿跳——過分（糞）。要是你敢在奶奶和媽媽面前這樣說我，那就會是公共廁所丟石頭——激起公憤（糞）喔。

虎大歪：哈哈！小圓的臉就像孫猴子的臉——說變就變。想想好吃的烤地瓜和白斬雞。

狗小圓：嗯！好吃好吃。歇後語還有啥大學問哪？

虎大歪：把通用的成語省略最後一個字，或者諺語省略尾句，就是「藏尾（字或詞）格」。比如，形容一個不知道羞恥的人，就說他是「禮義廉」。

狗小圓：說他是「禮義廉」，少講一個字，就是說他「無恥」，批評得很高明。

虎大歪：沒錯，飛機上點燈——高明。你的朋友受了委屈，跟你哭訴，你對他說一二三五六。

狗小圓：沒講到「四」，所以就是「沒事，沒事」。

虎大歪：小圓有沒有收集跟食物有關的歇後語呀？

狗小圓：不用收集，俯拾即是。掛羊頭賣狗肉——有名無實；豆腐拌腐乳——愈拌愈糊塗；雞蛋裡挑骨頭——沒事找事。

虎大歪：撿了芝麻丟了西瓜——貪小失大。

狗小圓：小圓我嘴巴含冰糖——嘴甜，說話討大歪歡心。

虎大歪：大歪喜歡被「拍虎屁」，聽了小圓的讚美，就像綠皮蘿蔔——心裡美。

你知道臺語也有歇後語嗎？

狗小圓：當然知道。臺語歇後語，老鼠無洗身軀——有鼠味（有趣味）。

虎大歪：臺語的歇後語叫做「孽仔話」或是「激骨話」。我學會的第一句孽仔話是種瓠生菜瓜——實在有夠衰。一個同事穿了新褲子，卻被上司的狗咬了褲子，一時氣憤，脫口而出，大家都笑歪了。

狗小圓：我也常說這句孽仔話。不過，我喜歡吃菜瓜，不愛瓠瓜的口感。我種了瓠瓜卻長出菜瓜，應該很開心。

虎大歪：我小時候喜歡吃瓠瓜水餃，對於軟爛的菜瓜，沒有好感。真的是青菜蘿蔔——各有所愛。

狗小圓：大歪說得好。我倆應該都愛吃烤地瓜和白斬雞，三十六計——走為上策，出發吧。

虎大歪：喂！你亂用歇後語呀！

狗小圓：我肚子餓了，囝仔跌倒——媽媽呼呼（馬馬虎虎）啦！

虎大歪、狗小圓，下臺一鞠躬！

第廿八章

互文。上下合併，相互補足

虎大歪、狗小圓，說學逗唱，上臺一鞠躬！

狗小圓：「秦時明月漢時關，萬里長征人未還。但使龍城飛將在，不教胡馬度陰山。」大歪會背這首詩嗎？

虎大歪：這是王昌齡的〈出塞〉，我幼稚園就會背。

狗小圓：那麼你知道「龍城」是哪裡？「飛將」又是誰嗎？

虎大歪：龍城，是匈奴人祭祀祖先、天地和鬼神的神聖場所。飛將，指的是漢朝的飛將軍李廣……。

狗小圓：講慢點，我來不及寫……，好了，功課寫好了，謝啦！

虎大歪：哎呀！騙我幫你寫功課，我要跟你們老師打小報告。

狗小圓：嘿！你不也騙我講修辭嗎？七言絕句短短四句，大歪能掰出什麼修辭大學問呢？

虎大歪：秦漢時代天上都有明月，邊關也一直都存在，把「秦漢時明月秦漢時關」寫成「秦時明月漢時關」，上文省了下句的詞語，下文省了上文的詞語，互相參照才可成文，這就是「互文」修辭。

狗小圓：瞧！我趁你講修辭的時候，掏出好大一塊耳屎，痛快。

虎大歪：「小圓耳朵髒，小圓鼻子臭。」這也是互文修辭。你的耳朵和鼻子都是又髒又臭，屎又多。

狗小圓：大歪罵人啦！就會責備批評我，哼！

虎大歪：說實話也不行嗎？你最喜歡的〈琵琶行〉也有互文修辭例句喔。

狗小圓：真的？你先別說，我想想。「天長地久有時盡」的「天長地久」，天地都很長很久，各說一半，對吧。

虎大歪：「天長地久有時盡」是白居易寫的〈長恨歌〉倒數第二句，你弄混了。

狗小圓：我知道了，是「主人下馬客在船」啦！主人跟客人都騎馬來江邊，兩個都下馬，兩個都上船，白居易寫「主人下馬客在船」就是互文修辭，我很厲害吧。

虎大歪：厲害厲害，真厲害！詩人善用互文修辭，寫出流傳千古的詩句，讓我們輕鬆閱讀，享受優美意境。北朝民歌〈木蘭詩〉也有很多例句。

狗小圓：來來來，我來說。「東市買駿馬，西市買鞍韉，南市買轡頭，北市買長鞭。」這個例子裡，「東、西、南、北」是互文，「駿馬、鞍韉、轡頭、長鞭」也是互文。我們可以解釋為「到東西南北每一個市集，買馬匹和各種配件」。要買東西找我就對了，我也是購物達人。

虎大歪：說得好。你知道成語也有很多互文例子嗎？

狗小圓：大歪舉幾個例子來聽聽吧。

虎大歪：「冰天雪地中，狗小圓在街頭踽踽獨行，找不到賣排骨飯的店家，痛哭流涕，傷心欲絕。」其中，「冰天雪地」就是互文。

狗小圓：我吃雞腿飯不就得了，才不執著於排骨飯呢。我也來舉個例子。「綠燈亮起，虎大歪騎著機車，『橫衝直撞』，吃了好幾張罰單。」其中，「橫衝直撞」就是互文。

虎大歪：我長得「眉清目秀」，我說話「引經據典」，我對朋友「深情厚意」，我不騎機車，開車也不會橫衝直撞，你別亂舉例。放眼國際局勢，獨裁統治者「心狠手辣」，發起戰爭，「兵荒馬亂」、「國破家亡」，「殘兵敗將」

四處流竄，這個世界慘兮兮呀！瞧！好多成語都是互文修辭。

狗小圓：大歪說得好，上週有個非洲人要加我好友，嚇我一大跳！全球人類可以透過各種社群網站而成為好友的時代，竟然有人窮兵黷武，發起戰爭，真是不可思議。

虎大歪：網路世界陷阱多，小心為妙。小圓好好讀書，學學修辭，安全又開心。

狗小圓：大歪膽子跟我爸爸、媽媽一樣小，講出來的話也都一樣。

虎大歪：說到你爸爸、媽媽，我舉個《詩經》的著名的詩句：「父兮生我，母兮鞠我。」這也是互文用法。

狗小圓：這個我熟，前幾天老師才講過，鞠的意思可以是「彎曲」，比如「鞠躬！」；也可以是「養育」，比如「鞠育」。這句的意思是「爹呀你生下我，娘呀你餵養我」。

虎大歪：聽你叫爹喊娘，還真有趣！父母共同生養孩子，只說爹爹生、媽媽養，就是互文修辭。

狗小圓：沒錯！爸爸、媽媽一起生我，一起養我，還一起責備批評我。

侶魚蝦而友麋鹿

虎大歪：我最愛的古文，蘇軾的〈前赤壁賦〉寫道：「況吾與子，漁樵於江渚之上，侶魚蝦而友麋鹿；駕一葉之扁舟，舉匏樽（ㄆㄠˊ ㄗㄨㄣ）以相屬。寄蜉蝣（ㄈㄨˊ ㄧㄡˊ）於天地，渺滄海之一粟。」這句「侶魚蝦而友麋鹿」當中，「侶」和「友」是同義詞，也是互文的用法。

狗小圓：大歪的例句都很艱澀，我來講個老少咸宜的好句子。「昨日雞腿今排骨，小圓餐盤不可缺。」我昨天和今天都吃了排骨和雞腿，而不是各吃一種，知道嗎？

虎大歪：哎呀！昨晚月光明亮，東邊野狗叫西邊小圓吠，正是「東犬西吠」的最佳註解。

狗小圓：我是小圓不是狗。我的嗓子好，講話好聽，歌聲優美，才不會胡亂鬼叫。要不是看在你剛剛幫我寫作業的份上，我就跟你翻臉，哼！

虎大歪：哎喲，小圓翻臉啦！這讓我想到我的座右銘。

狗小圓：大歪生性懶散，也有座右銘？該不會是「吃喝打混沒事睡覺」吧，哈哈哈！

虎大歪：別笑我，能吃能喝能睡，也是一種難得的能力。宋朝范仲淹〈岳陽樓記〉的千古名句，「不以物喜，不以己悲」是我的座右銘。

狗小圓：這句話怎麼解釋呢？

虎大歪：這句話的意思是說，不要因為物質的豐富或困窘，而歡喜或悲傷；也不要因為個人的得志或失意，而歡喜或悲傷。「不以物喜，不以己悲」各取一半來敘述，文章簡潔有力，不拖泥帶水，小圓背書也可以少背一點。

狗小圓：說的也對。不過我頭腦聰明，〈琵琶行〉也好，〈長恨歌〉也行，意思搞懂，大聲念過幾遍就倒背如流。

虎大歪：狗小圓這句「〈琵琶行〉也好，〈長恨歌〉也行」，雖然不如文天祥〈正氣歌〉的「牛驥(ㄐㄧˋ)同一皁(ㄗㄠˋ)，雞棲鳳凰食」那樣經典，也算差強人意的互文例句。

不以物喜，不以己悲。

狗小圓：哎喲！我聽到「牛」、「雞」和「鳳凰」，突然想起今天看到的一則美食報導。

虎大歪：文天祥寫〈正氣歌〉的時候，正在坐牢，內容悲憤感人，這你也能想到美食？

狗小圓：是啊！讀古人文章，了解文章意涵就好，千萬不要深陷其中，日子還是要好好的過。

虎大歪：好吧！歪理一大堆。你想到什麼美食？說來聽聽。

狗小圓：美食新聞報導，有一家「鳳凰高級自助餐」，牛排和烤雞吃到飽，咱倆講完互文修辭就去吃……喂！大歪別跑那麼快，等等我。

虎大歪、狗小圓，下臺一鞠躬！

國家圖書館出版品預行編目(CIP)資料

說學逗唱，認識修辭：看虎大歪舞文弄墨，學狗小
圓咬文嚼字/王家珍作. -- 初版. -- 新北市：字畝文
化創意有限公司出版：遠足文化事業股份有限公司
發行, 2023.08
面； 公分. --（故事如數家珍）
ISBN 978-626-7200-95-7(平裝)
1.CST: 漢語 2.CST: 修辭學 3.CST: 通俗作品
802.75 112011323

故事如數家珍

說學逗唱，認識修辭

看虎大歪舞文弄墨，學狗小圓咬文嚼字

作　　者｜王家珍
繪　　者｜洪福田

字畝文化創意有限公司
社長兼總編輯｜馮季眉
特 約 編 輯｜洪 絹
美 術 設 計｜吳孟寰

出　　版｜字畝文化／遠足文化事業股份有限公司
發　　行｜遠足文化事業股份有限公司（讀書共和國出版集團）
地　　址｜231 新北市新店區民權路 108-2 號 9 樓
電　　話｜(02)2218-1417　傳真｜(02)8667-1065
客服信箱｜service@bookrep.com.tw
網路書店｜www.bookrep.com.tw
團體訂購請洽業務部 (02) 2218-1417 分機 1124

法律顧問｜華洋法律事務所 蘇文生律師
印　　製｜中原造像股份有限公司

2023 年 8 月　初版一刷　2024 年 8 月　初版二刷
定價：400 元　書號：XBJI0005　ISBN：978-626-7200-95-7